올 스탯
슬레이어

올 스탯 슬레이어 5

비츄 장편소설

초판 1쇄 찍은 날 § 2015년 11월 23일
초판 1쇄 펴낸 날 § 2015년 11월 30일

지은이 § 비츄
펴낸이 § 서경석

편집책임 § 김현미

펴낸곳 § 도서출판 청어람
등록번호 § 제387-1999-000006호
등록일자 § 1999. 5. 31
어람번호 § 제1-2294호

주소 § 경기도 부천시 원미구 부일로 483번길 40 서경B/D 3F (우) 14640
전화 § 032-656-4452 팩스 § 032-656-4453
http://www.chungeoram.com
E-mail § chungeorambook@daum.net

ISBN 979-11-04-90527-8 04810
ISBN 979-11-04-90378-6 (세트)

올 스탯 슬레이어 ⁵

FUSION FANTASTIC STORY

비츄 장편소설

도서출판
청어람

CONTENTS

올 스탯
슬레이어

CHAPTER 1

TS의 길드원, 최초의 메이지 찰스는 주먹을 불끈 쥐었다.

'어떠냐! 이것이 바로 최초의 화염계 마법 파이어 월이다!'

찰스는 전력을 다해 공격했다. 그 대단하다는 플래티넘 슬레이어에게 시위라도 하듯 말이다.

그의 마법을 본 현석은 다른 의미로 놀랐다.

'엄청 약한데 딜레이가 뭐 이리 길어?'

파워 컨트롤을 익혀 대미지를 감소시킨 게 아닐까 싶을 정도였다.

화염계 마법은 파괴력이 가장 높은 마법이다. 게다가 하급 마법도 아니고 스펠을 오래 외워야만 하는 큰 마법이다. 그런데 그 대미지가 고작 하종원의 일반 공격 정도 밖에 안 됐다.

인하 길드원들도 굉장히 실망했다.

파이어 월은 분명히 시각적인 효과만 놓고 보면 굉장한 희소가치를 가졌다고 할 수 있겠다. 좀 더 점수를 후하게 주면 멋있었다. 그런데 문제는 딱 거기까지다. 다른 건 모르겠고 시각적인 효과만 좋았다. 그들은 다른 마법도 아니고 현석이 뿌리는 윈드 커터를 보면서 성장했다. 기대가 컸던 만큼 실망도 컸다.

아무래도 보조 계열 클래스인 민서는 더욱더 기대를 많이 했었는지 더 크게 실망한 듯했다.

"에게게……?"

그러고서 황급히 입을 다물기는 했으나 TS의 길드장 에디슨은 그 말을 분명 들었다. 물론 언어가 다르긴 하지만 저 감탄사가 뜻하는 바가 무엇인지는 확실히 알아들었다.

그는 조금 혼란스러웠다. 뭔가 잘못된 것 같았다. 언어 체계가 완전히 다르다든지…….

그런데 이윽고 인하 길드원들이 에디슨이 원하는 반응을 보였다.

"대단하긴… 대단하네."

한국어를 아예 모르는 에디슨은 그 말의 뜻을 이해할 수는 없었으나 그래도 대충은 알아들었다. 저들은 메이지의 힘을 처음에는 제대로 알아보지 못했으나 뒤늦게 그 힘을 알고서 놀라게 된 것이다.

'그럼 그렇지!'

TS 길드원들의 어깨에 힘이 잔뜩 들어갔다.

그 대단하다는 플래티넘 슬레이어와 그가 속한 길드원들이 놀라고 있다. 이건 분명 놀라운 일이다. 모두 자신감에 가득 찼다.

하지만 현석이 놀란 건 메이지의 재롱 때문이 아니라 미국의 M—arm 활용 능력 때문이었다.

'역시 미국이다. 무기 자체는 어차피 글록에서 공급하는 걸 거야. 미국은 이 무기를 엄청나게 효율적으로 잘 사용하고 있다. 슬레이어들과의 협조도 유기적으로 이루어지고 있고.'

미국은 M—arm과 일반 무기를 섞어 효율적으로 슬레잉에 임하고 있었다. 한국은 과거 몬스터 웨이브가 처음 나타났을 때 무턱대고 화력을 쏟아부었다. 물론 전례를 보고 전략을 발달시키기는 했겠지만 그래도 미국은 최대한 효율성을 살린 전투를 해내고 있었다. 최소의 인풋으로 최대의 아웃풋을 뽑아내는 게 훤히 보일 정도였다.

전 세계적으로도, 군과 가장 유기적인 관계를 구축하고 있는 곳이 미국 유니온이라는 말이 괜히 나온 게 아닌 듯했다.

군의 공격이 이어지고 난 이후, 다시금 스펠을 외운 메이지가 불꽃을 토해냈다.

마법 스킬의 힘이 얼마큼 강한지는 모르겠으나 군과 협조를 이루자 시너지 효과가 발생했다. M—arm으로 무장한 원거리 공격형 슬레이어들도 공격을 시작했다.

'이들도 독자적인 슬레잉 세계를 만들었구나.'

미국의 경우는 근접 전투 슬레이어의 숫자가 줄어들고 있는 추세란다. 애초에 원거리 공격이 훨씬 안전할뿐더러 M—arm이 나타나게 되면서 효과적인 원거리 공격이 가능해졌으니까 말이다.

마지막 공격만 근접 전투 슬레이어가 하면 된다. 근접 전투 슬레이어의 숫자는 줄어들고 있으나 어쨌든 꼭 필요한 직종이다 보니 근접 전투 슬레이어의 몸값은 높아지고 있는 추세라고 할 수 있었다.

'그런데 저 마법은 너무 비효율적이네.'

현석은 인상을 아주 살짝 찡그렸다. 메이지가 자꾸만 스펠을 외우는데 발동 시간이 거의 1분 가까이 되는 것 같았다.

'파괴력이 강하다며?'

현석도 마법을 익혔다. 저 메이지와는 다르게 윈드 커터라는 바람 계열 마법이었다. 물론 바람 계열 마법이 모든 마법들 중 가장 시전 속도가 빠르다고는 하지만 그에겐 스펠 같은 것이 필요 없었다.

'그렇다면… 스펠을 외운다는 건 내가 배운 윈드 커터보다 훨씬 상위 급 마법이라는 소리인가?'

아무래도 그럴 가능성이 높았다. 저렇게 열심히 스펠을 외우고 현란한 효과를 내는 것을 보아하니 아무래도 자신이 익힌 윈드 커터보다 상위 급의 마법일 가능성이 높았다. 현석이 최하위 급 스킬을 익힌 이유 중 가장 큰 것은 쿨타임(마법을 다시 사용하는데 소요되는 시간)이 짧다는 것에 있었다. 현석의 경우는 쿨타임이 아예 없다.

종원도 이상함을 느꼈는지 물었다.

"야, 근데 쟤는 왜 자꾸 저렇게 똥폼을 잡냐? 멋있긴 한데 실속도 없고 저건 뭐."

명훈도 오랜만에 종원의 말에 동의했다.

"그러게, 쓸데없이 폼만 잡네."

현석의 윈드 커터는 사실상 그렇게 '멋있는' 스킬은 아니었다. 물론 바람의 칼날이 앞으로 쏘아져 나가고 아예 난사 수준으로 폭풍처럼 몰아닥친다는 건 나름대로 볼 만했지만 저 메이지 만큼의 시각적인 효과는 없었다. 메이지의 몸을 화염이 감싸안고 소용돌이치며 불의 장벽이 몬스터들을 불태우는 그 시각적 효과는 분명 대단하긴 했다.

종원이 말했다.

"대미지도 약해 빠졌어."

현석이 말했다.

"에디슨, TS의 놀라운 힘은 우리도 잘 봤습니다. 그렇다면 이제 우리도 작전에 참여해도 되겠습니까?"

"아직 M-arm과 메이지의 화염 공격이 끝나지 않았습니다."

"아, 저희도 원거리 계열 공격 능력을 하나 갖고 있어서요."

정확한 능력까진 잘 모르지만 어쨌든 플래티넘 슬레이어도 원거리 공격 능력을 갖고 있다는 사실에 에디도 살짝 놀랐다.

"오, 그렇습니까? 그렇다면 얼른 공격하시죠."

일부러 숨기려고 말을 안 했다기보다는 화염 계열의 공격력이 어느 정도 되는지 확인해 보고 싶어서 잠깐 뒤로 빠져 있었다.

몬스터 웨이브의 일렁거림이 시작되고 약 1분 정도가 지났다. 이제 M-arm과 마법에서 살아남은 트롤들이 활개를 칠 시간이었다. 이제 더 이상 시간을 끌 필요는 없었다.

플래티넘 슬레이어가 앞으로 나선다고하자 TS의 길드원들이 현석을 쳐다봤다. 플래티넘 슬레이어가 원거리 공격도 갖고 있단다.

TS의 메이지 찰스는 조금 기분이 이상해졌다.

'원거리 공격 기술을 가지고 있다고?'

그럴 리 없다. 최초의 메이지는 자신이다. 최초의 메이지라는 알림음도 떴다. 그래서 자신 있었다. 그런데 플래티넘 슬레이어가 원거리 공격 기술을 갖고 있다니. 현재까지 원거리 공격 기술은 M─arm 아니면 마법밖에 없다.

'어차피 나보다 늦게 익힌 것이 틀림없어!'

찰스는 최대한 자기 좋을 대로 생각했다.

아무리 플래티넘 슬레이어라고해도 자신보다 늦게 메이지로 전직했다면 자신보다 강할 리 없다. 하지만 긴장은 됐다. 그러나 긴장은 금방 풀렸다.

'스펠을 외울 준비도 않는군.'

긴장이 풀린 것 정도를 넘어서 이제 그냥 피식 웃었다.

찰스도 스펠을 외우지 않아도 되는 최하위 급 마법 파이어볼을 갖고 있다. 그러나 대미지가 너무 약해서 잘 사용하지 않는다.

그는 플래티넘 슬레이어가 스펠을 외울 낌새를 보이지 않으니 안심이 됐다.

스펠을 외우지 않는 걸 보아 플래티넘 슬레이어가 익힌 스킬 역시 최하위 급 스킬일 것이 분명했다.

'하기야… 원래 근거리 전투 슬레이어였지.'

그는 근거리 전투 슬레이어가 아니었다. 많은 것이 가능한데 그중 하나가 근접 전투일 뿐이다. 실제로 현석은 전투 필드도 펼치고 회복 필드도 펼치며 힐은 물론이고 심지어 실드까지 구사한다. 거기에 마법까지 익혔다. 그는 올 스탯 슬레이어고 올 스탯 슬레이어는 모든 클래스를 아우르는 클래스이다.

찰스는 계속 착각했다.

'그렇다면 마검사 계열로 전직한 것이 틀림없어. 그렇다면 순수 마법 대미지는 나보다 약할 게 분명하다!'

현석이 윈드 커터를 펼쳤다.

바람 계열 마법은 빠르다.

하지만 대미지가 약한데다가 M/P소모가 크다. 그게 찰스가 가진 상식이었다.

확실히 바람 계열 마법은 빨랐다. 다른 사람도 아니고 지성 스탯이 500이 넘는 현석이 쓰니까 더 빨랐다.

현석이 연달아 윈드 커터를 시전하는 것을 본 찰스는 침을 꼴깍 삼켰다.

'너, 너무 빠르다?'

바람 계열 마법이 빠른 줄은 알았는데 너무 빨랐다. 아예 딜레이가 없었다. 그냥 쏘면 쏘는 대로 무한정 쏟아져 나왔다.

'바람 계열 마법은 M/P소모가 시, 심할 텐데?'

M/P소모가 심한 게 맞지만 현석은 비정상적인 M/P를 가지고 있었다. 참고로 현재 현석의 M/P 절대치는 20만이 넘는다. 또 참고로 말하자면 현석의 H/P는 54만쯤 된다. 다시 한 번

참고로 말하자면 찰스의 M/P는 4천쯤 된다.

윈드 커터가 연달아 펼쳐졌다. 스펠조차 필요 없는 최하위급 마법이다. 그러나 윈드 커터라는 마법을 펼쳤다는 사실만으로도 TS의 길드원들은 입을 쩍 벌렸다.

'뭔 놈의 마법이 저렇게 쉴 새 없이 터져 나가?'

뭐 이런 경우가 다 있나 싶다. 저 정도 속도면 마법을 구사하는 게 아니라 난사하는 수준이었다. 플래티넘 슬레이어가 팔을 한 번 휘두를 때마다 에메랄드 색에 가까운 바람이 쏘아져 나갔다. 하도 연속해서 쏘아내니 마치 꼭 칼날로 이루어진 폭풍 같았다.

찰스는 그 엄청난 속도와 기세에 놀랐다. 솔직히 기도 많이 죽었다. 하지만 애써 현실을 부정했다.

'대, 대, 대미지는 약할 거야. 그, 그래. 분명히 그럴 거야!'

하지만 그럴 리가 없다는 건 이미 알고 있다. 모르긴 몰라도 지성 스탯이 엄청나게 높은 듯했다. 그리고 그에 따른 스킬 레벨 업이 이루어진 모양이다. 처음에는 조금 비웃었던 최하급 스킬 윈드 커터가 트롤들에게 도달하는 순간, 상황은 순식간에 정리됐다.

이미 M—arm과 일반 무기, 그리고 메이지의 마법을 많이 얻어맞은 트롤들이다. 거기에 최하급 마법 윈드 커터가 더해졌다.

찰스는 시스템을 원망했다.

'내가 최초의 메이지라며!'

최초의 메이지가 맞았다. 다시 강조하지만 현석은 메이지가 아니고 올 스탯 슬레이어다.

'나보다 늦게 각성한 메이지가 어떻게 저런……'

자신의 길드. 그러니까 PRE—하드 모드에 몇 명이나 접어 든 TS라면 플래티넘 슬레이어를 상대로도 그렇게 밀리지는 않을 거라고 생각했다. 그건 단순한 생각이 아니라 자신감이 었다. 다리에 힘이 풀렸다. 그 생각이 얼마나 무모한 생각인지 이제 좀 알겠다. 그리고 속았다는 기분까지 들었다.

'우리 모두 속고 있다. 저놈은 근접 전투 슬레이어가 아니라 사실은 메이지야!'

TS의 길드장 에디슨도 침을 꿀꺽 삼켰다.

'수, 숨 쉬면 죽는다는 게 이런 건가……'

저만치 앞에는 보석들의 향연이 펼쳐져 있었다. 반짝반짝 빛나는 저것들은 전부 다 그린스톤이었다. 에디슨은 허탈해졌 다. 적어도 100개는 되어 보였다.

'사투를 벌이지 않는다는 건 진작에 알고 있었지만……'

대중에 알려진 것과 다르다는 건 어느 정도 알고 있었다.

'사투? 살신성인? 미친 개소리 좀 작작 하라고 그래!'

그러나 뭔 놈의 사투란 말인가. 트롤 웨이브도 이렇게 막아내는데 오크나 트윈헤드 오크 웨이브는 정말 숨만 쉬면 쓸어 버렸을 것이다. 그건 확실했다.

'저건 정말 괴물이다!'

TS의 길드원들만 놀란 게 아니다. 미군들도 놀랐다. 지금 무슨 일이 벌어진 건지 잘 모르겠다.

현석이 겸양을 떨었다.

"원래부터 여러분과 메이지의 공격으로 인해 H/P가 얼마 남지 않았던 괴물들입니다. 그래서 쉽게 죽일 수 있었습니다."

이 작전의 지휘를 맡은 미국 대령 더스트는 얼떨결에 고개를 끄덕였다.

"그, 그렇군요."

플래티넘 슬레이어, 플래티넘 슬레이어 하길래 얼마나 대단한지 보고 싶었는데 실제로 보고 나니 할 말을 잃었다.

찰스의 광범위 공격으로 트롤 수십 마리의 실드가 깎였고 H/P도 절반 가까이 줄어들었다. 그런데 모두에게 공격이 먹힌 것은 아니었다. 멀쩡했던 트롤들도 분명히 있었다.

멍해 있던 그는 이내 정신을 차렸다. 그리고 모든 전공을 플래티넘 슬레이어에게 떠넘길 수는 없다는 생각에 현석의 겸양을 받아들였다.

플래티넘 슬레이어가 전부 한 게 아니라, 미군 역시 커다란 힘을 보탰다고, 사람들은 그렇게 알아야 할 필요가 있었다.

'이 사람… 혼자만 있어도 트롤 웨이브쯤은 순식간에 녹여 낼 수 있을 거다.'

등에서 식은땀이 흘렀다.

식은땀을 흘리는 미국 대령 더스트를 뒤로 한 채, 인하 길 드는 한국으로 돌아갔다.

*   *   *

인하 길드원 전체는 홍대로 향했다. 사실 별 이유는 없었 다. 인하 길드원들끼리 가볍게 술이나 한 잔 하려고 모인 것이 다.

홍대 삼거리 포차 근처에 2층짜리 웨스턴 바가 있는데 거기 분위기가 무척 즐겁고 유쾌하다는 명훈의 의견에 그곳에서 가볍게 칵테일이라도 마시기로 했다.

민서는 조금 투덜거렸다.

"쳇, 나도 이제 곧 성인인데."

하지만 현석은 단호했다.

"넌 안 돼. 그래도 아직 19살이야."

이곳은 손님을 '막 대하는' 웨스턴 바로 유명하단다. '막 대 한다'는 것이 예의 없고 무례하게 구는 것은 아니었고 우리가 즐거워야 손님도 즐겁다라는 것을 모토로 하여 장사를 하는 곳이란다.

바텐더들은 조금 친하다 싶은 손님들과는 곧잘 반말도 하며 친근하게 얘기를 주고받는 곳이었다.

종원이 말했다.

"야, 우리 근데 이렇게 맘 편하게 놀아도 되는 거 맞냐?"

"무슨 소리야 그게?"

"요즘 너를 둘러싸고 신경전들을 벌이는 거 같더라."

명훈이 대신 대답했다.

"지들끼리 그래 봤자지. 맘껏 재롱부리는 거 그냥 구경이나 하면 되는 거야."

현석은 그 말에 고개를 몇 번 끄덕였다.

사실 지금 한국 정부와 미국 정부, 그리고 한국 유니온과 미국 유니온 사이에서 가장 뜨거운 관심을 받고 있는 당사자인 현석은 이 문제에 대해 그렇게 깊게 생각하지 않았다. 어차피 현석은 세계 유일의 능력을 갖고 있다. 이런저런 거까지 신경 쓸 필요가 없는 위치다.

또한 굳이 현석이 신경을 쓰지 않아도 유니온에서 알아서 처리해 준다.

유니온은 지금 현석의 모든 편의를 봐주려고 노력하고 있는 중이다. 세금 정도를 대신 내주는 건 껌이다. 현석이 낸다고 하기도 전에 유니온, 아니, 성형이 대납해 줬다. 자신이 대납한 다음에 대납했으니 신경 쓰지 말라고 전하곤 했다.

'S—512는… 승차감이 영 별로였지.'

미국에서 선물해 준 초음속 여객기, 그걸 타면 빠르긴 한데 너무 시끄럽다. 게다가 얼마 전에 시운전이라고 한 번 타봤는데 민서가 좀 불안해한다. 어차피 초음속 여객기가 필요한 건 '몬스터가 나타난 국가'이지 현석이 아니었다.

현석의 상념을 깨고 연수가 말했다.

"어떤 사람들은 현석이가 미국으로 가야 한다고 주장하기도 하더라… 근데 뭐……."

연수의 얼버무리는 말 뒤에는 '그런데 뭐 굳이 갈 필요 있나. 어차피 한국에서 태어났고 익숙한 곳도 한국인데'라는 말이 생략되어 있었고 다들 비슷한 생각을 하고 있었다.

미국 정부가 어떻고 유니온이 어떻고 한국 정부가 어떻고, 현석은 별로 신경 안 쓴다. 부족한 것도 없는데 뭐 굳이 이것저것 재고 따지고 할 필요도 없다. 지금 보물 하나 갖겠다고 서로 열심히 싸우고 있는 모양인데 정작 당사자인 현석은 이제 무엇이 더 이득이 될지 따위는 생각 안 해도 되는 경지에 이르렀다. 정치나 이해득실을 따질 필요가 없는 절대적인 희귀 능력을 갖고 있으니까 귀찮게 이것저것 연연할 필요가 없는 거다.

그때 화장실을 갔던 민서가 자리로 돌아오며 말했다.

"여기 매니저님 완전 재밌어."

현재 2층은 인하 길드가 통째로 빌려서 사용 중이다. 그런데 여자 화장실이 1층에 있었다. 2층은 한적한 데 비해 1층은 손님들로 붐볐다.

이곳은 바텐더들이 꽤 잘생긴 편이어서인지는 몰라도 여성 손님들의 외모가 다들 빼어났다. 그렇다 보니 그녀들을 노리는 남자들도 많았다.

민서가 화장실을 가려는데 어떤 남자가 추근거렸다. 이런 곳이 처음인 민서는 몹시 당황해했고 그걸 이곳의 매니저인 정청원이 발견하고서.

"얘 제 여자친구인데요."

하고 남자를 쫓아냈단다. 민서를 2층으로 올려 보내면서 남자 친구인 척해서 미안하다고 사과도 했단다.

평화도 화장실을 갔다 왔는데 비슷한 경험을 했다.

"언니, 그 짧은 머리에 파란 셔츠 입은 남자 맞지?"

"응, 그 사람이었어."

"언니한테도 집적거렸어?"

그런데 그 남자가 평화한테도 집적거렸다. 미인을 알아보는 기가 막힌 레이더가 있는가 보다, 하고 종원이 킥킥대고 웃었다.

"언니는 뭐래?"

"여동생이래……."

졸지에 평화는 여동생이 됐다. 물론 올라오면서 사과도 받았다. 애초에 사과 받을 일도 아니긴 했지만 어쨌든 오빠를 사칭했으니 용서해 달라고 말했단다.

아무래도 그 남자는 보이는 모든 여자들에게 집적거리고 있는 모양이었다. 현석이 말했다.

"앞으로 화장실 갈 때는 남자 한 명 대동해서 가자."

종원이 고개를 갸웃했다.

"음… 세영이는……?"

남자들이 세영을 힐끗 쳐다봤다. 명훈이 말했다.

"세영이는 따라갈 필요 없겠다."

연수가 고개를 끄덕였고 현석도 별말 안했다. 세영이 천천히 그 자리에서 일어섰다. 누가 묻지도 않았는데 괜히 현석을 쳐다보며 쏘아붙였다.

"필요 없어. 혼자 갔다 올 거야."

세영이 1층으로 내려가고 민서가 얼른 말했다.

"오빠! 빨리 내려가 봐. 언니 화났잖아?"

연수는 도무지 이해가 안 된다는 표정으로 명훈에게 물었다.

"명훈아. 세영이 왜 화났어? 세영이는 원래 혼자 다녀도 되잖아. PvP도 제일 센데."

명훈도 고개를 갸웃했다.

"뭐, 뭐랄까… 자기도 보호받고 싶은 여자라거나… 그런 생각을 하고 있다거나……."

연수와 명훈이 동시에 고개를 절레절레 저었다.

"에이 설마……."

"에이 설마……."

어쨌든 현석은 1층으로 내려갔다. 어김없이 비슷한 광경이 펼쳐지고 있었다.

*   *   *

정청원은 경력이 벌써 10년이 넘었다.

처음에는 아르바이트로 시작했는데 이제 어엿한 매니저가 됐다.

매니저라고 하긴 하는데 거의 사장과 맞먹는 지위를 가졌다. 지금의 웨스턴 바를 일궈낸 것도 거의 청원의 힘이었다.

우리가 즐겁게 일해야 손님도 즐겁다. 이게 바로 이 웨스턴 바의 모토다. 이 웨스턴 바는 손님들을 배려하지 않는 곳으로 유명했다.

3시만 되면 어김없이 문을 닫았다. 안주가 남았으면 그 안주값을 그냥 물어주고 술이 남았으면 술값도 안 받는다.

3시가 되면 문 닫을 시간이라고 손님을 쫓아내는 바는 아마 홍대를 통틀어서 이곳 밖에 없을 거다.

　처음에는 욕도 많이 먹었는데 지금은 이게 하나의 컨셉이 되어버렸다. 친한 손님들이 오면 안주를 그냥 공짜로 퍼다 줬는데 알고 보면, 그 자리에 동석한 청원이 다 먹었다.

　1층 여자 화장실, 다른 손님들이 신고(?)를 해서 와보니 야릇한 신음 소리가 자꾸만 새어 나왔다.

　청원이 말했다.

　"야, 문 부숴."

　21살 아르바이트생 김수현은 화들짝 놀랐다.

　"예? 지, 지금요?"

　"그럼 내가 부수리?"

　정청원의 기세에 눌린 김수현이 엉거주춤 발을 들어 올렸다. 정청원은 비록 나이가 30대 중반 밖에 안 됐지만, 경력 30년이 넘은 바텐더도 그를 어려워했다.

　그는 흔히들 말하는 '상남자'였는데 나쁜 남자의 매력도 동시에 갖춰서 그를 보려고 이 바에 오는 여자 손님들이 항시 끊이지 않을 정도였다.

　"한 방에 잘 부숴라."

　화장실 안에서 급한 목소리가 들려왔다.

　"잠깐만요! 다 끝났어요."

21살 아르바이트생 김수현은 어제 일을 떠올렸다.

어제 새벽 3시가 다되어 이제 마감을 할 때에, 막내인 수현은 2층 청소를 하려고 했다. 그런데 2층에서 한 남녀가 의자 위에 앉아 섹스를 하고 있었다. 나이는 기껏해야 20대 초반 정도 되어 보였다. 수현은 난감했다. 이걸 어떻게 해야 하나, 척 보니 술에 완전 취해 말을 들을 것 같지도 않았다.

그때 매니저인 청원이 올라왔었다. 청원은 그들에 대한 배려 따윈 하지 않았다.

그는 그들을 보자마자 어두컴컴한 조명을 전부 다 켰고 2층은 대낮처럼 밝아졌다.

술에 완전히 취해 있던 여자도 화들짝 놀랐다. 청원은 그 거구를 이끌고 성큼성큼 걸어가 그들 옆에 턱! 앉았다. 그리고 다트를 집어 들고 대충 던졌다.

"애들아. 빨리빨리 끝내라. 마감해야 된다. 세 시 되면 얄짤 없다."

그리고 그사이 아르바이트생들이 올라와 얼른 청소를 했다.

수현이 딴 생각에 빠져 있자 청원이 말했다.

"야, 뭔 생각을 그렇게 해?"

"아, 아뇨. 어제 생각이 나서."

청원은 솥뚜껑만큼 커다란 손을 들어 올렸다. 솔직히 수현은 조금 쫄았다. 청원이 수현의 뒤통수를 슥슥 문질렀다.

"열심히 일해라 인마. 그래야 돈 많이 벌고 등 따숩게 잘 먹고 잘 살지. 지금 너처럼만 하면 된다."

그러고 있는데 어떤 남자 하나가 자꾸 여자 손님들한테 치근덕거리는 게 보였다. 보통 키에 짧은 머리, 파란 셔츠를 입은 남자였다. 제대로 작업이나 걸면 모르겠는데 여자들이 불쾌해하고 있음에도 불구하고 계속 그랬다.

정청원이 나섰다.

"얘 제 여자 친구입니다."

"얘 제 사촌입니다."

"얘 제 여동생입니다."

거기까진 그 남자도 참았다. 그런데.

"얘는 제 엄만데요."

남자가 폭발했다. 다른 건 참아주겠는데 이제 엄마란다.

"씨팔, 여기 있는 모든 여자가 다 네 가족이냐?"

"네. 너 싫다는 사람들은 다 제 여자 친구고 제 가족인데요."

"이 새끼가 진짜!"

남자가 전투 필드를 펼쳤다. 아무래도 슬레이어인 듯했다.

그러던 찰나, 여자가 손을 썼다. 아예 남자를 두들겨 팼다.

여자의 이름은 홍세영. 현석을 제외하고 인하 길드 내에서 PvP 1인자다. 그녀는 딱 죽지 않을 만큼 남자를 두들겨 팼다. 세영에게 그 정도 컨트롤 능력은 있었다.

뒤따라오던 현석이 이마를 짚었다.

'사고… 쳤다.'

현석이 말했다.

"일반인을 상대로 이렇게 힘을 쓰면 어떡해?"

상대는 일반인 아닌 슬레이어다. 그래도 현석에겐 거기서 거기였다. 그에 세영은 순순히 사과했다. 자기 잘못을 알긴 아는 모양이다.

세영은 입술을 살짝 깨물었다.

'헤이, 남자친구한테 완전 까이고 온 것 같은 얼굴인데? 어때? 오빠가 좀 놀아줄까?'라는 그 말만 안했어도 이렇게 패지는 않았을 거다.

세영이 사과했다.

"미안."

소동에 놀란 민서가 내려와 리스토어를 통해 부서진 탁자와 유리컵 등을 복구해 줬다. 누군가 신고를 했는지 경찰이 왔고 경찰들은 이곳저곳을 돌아보는가 싶더니 이내 별일 아니라고 마무리 지었다.

남자가 억울한 듯 외쳤다.

"H/P가 10프로 미만까지 내려갔다고요!"

그의 외침은 소용없었다. 아예 윗선에서 이번 사건은 그냥 무마하라는 지시가 내려왔다.

남자는 CCTV를 보자고 난리를 피웠는데 마침 CCTV도 고장이 났다. 누군가 일부러 딱 그 시간에 고장 내기라도 한 것처럼 말이다.

또한 워낙 창졸간에 벌어진 일이라 동영상으로 촬영한 사람도 없었다.

"이건 사기야! 사기라고! CCTV가 왜 고장 나!"

도가 지나친 남자의 난리에 경찰은 업무방해죄로 그를 체포했다. 물론 그의 입장에서야 억울하겠지만, 안타깝게도 세상은 공평하지 않았다. 세상은, 아니 적어도 한국의 공권력은 정의의 편이 아니라 인하 길드의 편이었다. 그리고 공권력이 인하 길드의 편을 들자 CCTV가 고장 나는 기적이 일어났다.

*　　　　*　　　　*

정청원은 그가 머무는 오피스텔로 돌아왔다. 담배를 피려고 했는데 라이터가 없었다. 전투 필드를 펼쳤다. 라이터도, 성냥도 없었건만 그의 담배에 불이 붙었다. 그리고 그의 검지

끝에서 잠깐 피어오른 불꽃이 사라졌다.

한편, 현석은 길드 하우스로 돌아와 생각했다.

'정청원이라는 그 남자… 슬레이어였어. 체형과 성격을 보아 하니 둔기 계통을 사용하는 근접 전투에 특화되었을 거 같긴 한데……'

파란 셔츠를 입었던 남자가 전투 필드를 펼쳤던 그 순간, 현석은 확인했다. 정청원의 머리 위에 H/P바가 떴었다. 아무래도 근접 전투형인 것 같았다. 슬레이어의 힘을 가지고 있어도 슬레이어로 살지 않는 사람들도 있다. 정청원이 그런 부류인 것 같았다. 그 체격과 덩치로 보면 하종원보다도 더 뛰어난 전투 실력을 가질 수도 있을 것 같다는 생각이 잠깐 들었다.

똑똑—

노크 소리가 들려왔다. 세영이었다.

"무슨 일이야?"

세영은 마치 화가 난 것처럼 현석을 노려봤다. 하지만 그녀가 화난 게 아니라는 걸 현석은 알 수 있었다.

"할 말 있으면 빨리 해."

세영은 또 한참이나 현석을 노려보다가 힘겹게 입을 열었다.

"오늘은 내가 정말 잘못했어."

보나 마나 오늘 하루 종일 저 생각을 했을 거다. 현석은 이미 그 일을 잊었다. 유니온에 넣은 전화 한 통으로 모든 게 해결됐다. 죽도록 얻어맞고 경찰서까지 끌려간 그 이름 모를 남자에게는 미안한 일이지만 어쩌랴.

세영은 입술을 살짝 깨물었다.

"내가 나빴어."

세영도 순간 이성을 잃었다. '남자친구한테 완전 까이고 온 것'이란 말을 들은 그 다음부터 기억이 없다. 그냥 정신 차려 보니까 남자가 곤죽이 되어 있었다. 최소한의 이성은 유지했는지 H/P를 0으로 만들지는 않았지만.

현석이 말했다.

"네가 안 그랬으면 내가 팼을걸?"

물론 안 팼을 거다. 현석은 그렇게 일반인을 마구 때리거나 하진 않는다. 그는 플래티넘 슬레이어지만 법치주의 국가를 살아가는 시민이다. 그 법치주의를 오늘은 좀 악용하긴 했지만 말이다.

세영의 눈이 조금 커졌다.

"진짜?"

혼날 거라고 생각했는지 세영이 저도 모르게 환하게 웃었다가 1초도 안 되는 그 짧은 시간에 바로 정색하며 황급히 표정 관리를 했다.

세영의 입장에선 현석이 편들어 줬다고 느껴졌을 거다.

세영의 얼굴이 붉어졌다. 붉어진 걸 들키지 않으려고 몸을 돌렸다. 마치 "진짜?"라고 말했던 건 기억이 안 난다는 듯 신경질적으로 걸어 나갔다.

걸어 나가는 그녀의 발걸음이 미세하게 떨렸다. 그 뒷모습을 바라보며 현석이 피식 웃었다.

그리고 며칠이 흘렀다. 정청원이라는 남자에 대한 기억이 흐릿해질 무렵, 또 다른 사건이 인하 길드를 강타했다.

평화. 그리고 민서와 관련된 일이었다.

CHAPTER 2

인하 길드는 미군, 미국 슬레이어들과 협조하여 트롤 웨이브를 종결지었다. 그 와중에 인하 길드에 다소 적대적이었던 TS 길드는 태도를 완전히 바꿨다. 이후에는 인하 길드원들을 무슨 상전 모시듯 대했다.

인하 길드원들이 한국으로 돌아간 이후 에디슨은 미국의 상위 급 슬레이어들에게 신신당부했다.

"플래티넘 슬레이어가 속한 길드의 심기만큼은 절대로 건드리면 안 돼."

"에디슨, 당신은 원래 그들이 미국에서 슬레잉하는 것을 탐탁지 않게 생각했잖아?"

"그거야 옛말이지."

"그리고 이번 몬스터 웨이브를 막으면서 그린스톤도 많이 획득하지 못한 것 같던데?"

"그건 부차적인 문제야."

다른 길드들은 TS의 태도를 이해하지 못했다. 몬스터 웨이브는 물론 무서운 재앙이나 다름없지만 M—arm과 함께 조심해서 잘 싸우면 떼돈을 벌 수 있는 기회이기도 했다.

사실상 그런 물질적인 보상이 아니라면 몬스터 웨이브에 참여하고 싶은 사람은 거의 없다고 해도 과언이 아니었다. 그런데 그 가장 큰 보상인 물질적인 보상을 많이 빼앗겼는데도, TS 길드는 별로 불만스러운 기색이 없었다.

TS의 길드장 에디슨은 목소리를 한껏 낮췄다. 그의 표정에 우쭐거림이 잔뜩 묻어났다.

"당신들, 결코 불가능한 업적이라고 알아?"

"결코 불가능한 업적? 그런 업적도 있나?"

"그런 업적이 있더라고."

에디슨은 후후, 자랑스레 웃었다. 까짓것 돈 따위는 얼마든지 줘도 상관없다.

돈보다는 결코 불가능한 업적이 주는 달콤한 보상이 훨씬 크게 느껴졌다. 한꺼번에 보너스 스탯을 무려 50개나 퍼주는 업적이라니. 이건 미친 업적이었다.

에디슨은 유니온장인 에디에게도 강력하게 주장했다. 플래티넘 슬레이어는 무조건, 최우선적으로 영입해야 한다고 말이다.

에디슨이 아주 자랑스레 설명을 이어갔다.

"결코 불가능한 업적은 어쩌다가 일정 확률로 뜨는 업적인데… 보너스 스탯을 무려 50개나 주는 어마어마한 업적이라고."

"일정 확률로 뜬다고?"

"그래. 플래티넘 슬레이어와 함께 슬레잉을 한다면 얻을 수 있는 업적이지. 우리도 이미 한 번 얻었고."

착각이다. 모든 상황에 적용되는지는 인하 길드도 모르지만 어쨌든 일정 확률로 어쩌다 뜨는 업적은 아니다. 적어도 트롤 이상 급 웨이브에 있어서는 그랬다. 30초 내에, 일정 인원 이하가 불가능한 업적을 클리어하면 '결코 불가능한 업적'이 된다. 지금 TS의 길드장 에디슨은 속고 있는 거다.

"뭐라고?"

상위 급 길드의 길드장들이 벌떡 일어섰다. 원래 TS는 플래티넘 슬레이어에 대해 약간 부정적인 입장이었다. 미국이 그에게 너무 기댄다는 것이 그의 평소 주장이었다. 그런데 하루아침에 태도를 싹 바꿨다. 솔직히 좀 이상했었는데 이제 모든 상황이 이해됐다.

에디슨은 어깨를 쭉 폈다. TS는 원래부터 상위 급 길드였다. 그런데 이번에야말로 유니온 내 1위 길드로 등극할 수 있을 것 같았다. 무려 보너스 스탯을 50이나 얻었으니까 말이다.

"그, 그러니까 플슬과 함께 슬레잉을 하다 보면 어쩌다가 한 번씩 터지는 잭팟 같은 거라, 이 말인가?"

"그렇지."

어쩌다가 한 번 터지는 게 아니다. 계속 터진다. 인하 길드는 결코 불가능한 업적을 독식했다. 그들이 얻은 업적은 한번 맛이나 보라고 던져준 단 한 번의 기회였을 뿐이다.

*　　　　*　　　　*

"오빠. 근데 왜 사기 쳤어?"

현석이 크흠, 헛기침을 했다.

"사기라니?"

"그 사람들 오빠랑 같이 있으면 언젠가 결코 불가능한 업적을 얻을 수 있을 거라고 생각하는 모양이던데."

"같이 있으면 그럴 수도 있지."

민서가 곱게 눈을 흘겼다.

"그래도 우린 필드에서도 파티 시스템이 활성화됐잖아? 우리만 업적이 공유된다며?"

현석은 모른 체했다. 사실 TS의 길드원들과 함께 몬스터 웨이브를 처리하면서 결코 불가능한 업적을 한 번 공유한 적이 있다.

일부러 파티 시스템을 활성화시키지 않고 업적을 한 번 공유해 줬다. 물론 그것만으로도 엄청난 거긴 하다. 무려 50개의 스탯이 한꺼번에 들어오는 거니까. 그들의 입장에서는 말 그대로 복권에 당첨된 거다.

그러나 그 이후부턴 파티 시스템을 활성화시켰다. 하드 모드에 접어든 현석은 파티 시스템을 필드에서도 활성화시킬 수 있었으니까. 덕분에 그 이후 3번의 '결코 불가능한 업적'은 인하 길드만 갖게 됐다. 에디슨은 아쉬워하는 기색이었지만 그래도 기뻐했다.

현석이 말했다.

"어쨌든 그들도 무려 50스탯이나 얻었잖아. 그만하면 됐지 뭐."

어지간해서는 현석의 말에 토를 달지 않는 연수가 끄응, 하고 신음성을 냈다. 명훈과 종원도 비슷한 표정이었다. 명훈이 물었다.

"야, 너, 불가능을 개척하는 자. 칭호 효과가 도대체 어떻게 되더라?"

다른 사람이 '50스탯이나'라고 말하면 동의하겠는데 현석이 저런 말을 하면 동의하지 못하겠다. 참고로 현석은 '불가능을 개척하는자 +2'의 칭호를 가지고 있다.

칭호 효과는 다음과 같았다.

─불가능을 개척하는 자 +2: 불가능한 업적 10회 달성.(보너스 스탯: 잔여 스탯의 300%)

그리고 그의 전투 능력 스탯은 다음과 같았다.

(1) 힘 : 828(+32)

(2) 지성: 558(+0)

(3) 체력: 558(+10)

(4) 민첩: 558(+41)

아무리 대충 계산해도 여태까지 보너스 스탯 2천은 훨씬 넘게 받았다. 그런 사람이 '50씩이나'라고 말하는 건 좀 어폐가 있어 보였다. 이게 끝이 아니다.

종원이 말했다.

"쟤 일반 칭호 효과도 장난 아니잖아."

현석이 가진 일반 칭호 효과는 다음과 같았다.

(트윈헤드 오크 슬레이어)―힘이 2 증가합니다.

(트윈헤드 트롤 슬레이어)―민첩이 3 증가합니다.

(자이언트 터틀 슬레이어)―체력 10, 민첩이 10 증가합니다.

(싸이클롭스 슬레이어)―힘 30, 민첩 30 증가합니다.

(웨어울프 슬레이어)―민첩이 8 증가합니다.

민서도 고개를 열심히 끄덕이면서 동의했다.

"그게 끝이 아니지. 오빠는 스탯 최초 진입으로 인한 보너스 스탯도 엄청 많아."

현석은 할 말이 없었다. 모두 맞는 말이다. 뭔가 변명하고 싶은 느낌이 들었다. 그의 최초 스탯 칭호는 다음과 같았다.

―장사 +7: 힘 스탯 800 최초 진입으로 인한 칭호(보너스 스탯: 960)

―날쌘돌이+4: 민첩 스탯 500 최초 진입으로 인한 칭호(보너스 스탯: 192)

―현인+4: 지성 스탯 500 최초 진입으로 인한 칭호(보너스 스탯: 192)

―돌쇠+4: 체력 스탯 500 최초 진입으로 인한 칭호(보너스 스탯: 192)

종원이 투덜거렸다.

"똥 묻은 개가 겨 묻은 개 욕한다더니… 스탯계의 만수르가 스탯계의 빈민들을 모욕하네. 모욕죄 중에서도 죄질이 아주 무거운 모욕죄야."

평소라면 현석의 편을 들 것이 분명한 평화도 이번엔 은근슬쩍 고개를 한 번 끄덕였다. 다들 그랬다. 현석이 뒤통수를 긁적거렸다.

"그, 그러냐?"

분명 잘못한 건 없다. 오히려 현석의 스탯이 이렇게 높으면 좋은 거다. 다들 그 덕을 보고 있다. 인하 길드가 이렇게 강해진 건 분명 현석 덕분이다. 현석도 그걸 알고 인하 길드원들도 그걸 확실히 알고 다들 고마워한다. 분명히 그렇다.

그러나 현석은 뭔가 잘못한 것 같은 착각에 사로잡혔다.

'뭐, 뭔가 잘못한 느낌인데.'

   *   *   *

종원과 세영은 유명한 콤비다.

종&영 콤비는 협동 슬레잉의 표본으로까지 불리기도 한다. 그리고 민서와 평화도 요즘 같이 호흡을 맞추고 있다. 사실상

이 둘이 콤비네이션을 맞추기는 어렵다. 아무래도 힐러와 버퍼―테이머이다 보니 둘이 같이 뭔가 호흡을 맞춰 이룰 수 있는 건 거의 없었으니까 말이다.

그래도 민서와 평화는 길드들로부터 굉장히 환호를 받는 부류의 슬레이어들이었다.

이 둘은 둘만으로 이루어진 용병 길드를 하나 설립하기로 했다.

어차피 현석이 이끄는 인하 길드가 움직이는 경우는 상당히 한정적이었다. 싸이클롭스나 몬스터 웨이브처럼 어마어마한 위기가 아니면 좀처럼 움직이지 않는다. 움직일 필요도 없고 말이다.

성형이 말했다.

"대충 이름은 좀 넣어주라."

성형은 민서와 그렇게까지 친하지는 않았지만 그래도 민서에겐 최대한 살갑게 굴었다.

"길드 설립 조건 최소 인원이 5명이거든. 어쨌든 5명은 있어야 길드 설립 허가를 내줘."

민서가 에헴 하고 헛기침을 했다. 그 정도는 이미 알고 있다. 그래서 든든한 지원군, 그러니까 이름만 올려도 되는 그런 지원군들의 이름을 가지고 왔다.

"그럼 우리 오빠랑 종원 오빠랑 연수 아저씨랑 명훈 오빠

넣을게요. 허락 받아왔어요."

이름만 넣는 것치고는 지나치게 화려한 명단에 성형도 어이가 없어 허허, 웃고 말았다. 자신을 똘망똘망한 눈으로 바라보고 있는 고등학생 꼬맹이를 쳐다보면서 성형은 다시 한 번 피식 웃었다.

'아니, 애초에 내가 직접 나서서 길드 등록시켜 주는 것도 웃기는 일이긴 하지.'

물론 민서가 '나는 윗대가리하고만 얘기 할 거야!'라고 강짜를 부린 건 절대 아니다. 원래 절차를 밟아서 길드를 등록하려고 했다. 이건 순전히 성형이 원한 거다.

민서의 뒤에는 플래티넘 슬레이어가 있다. 민서가 시킨 것도 아니고 부탁한 것도 아니지만 유니온의 간부들은 알아서 편의를 봐줬다.

"길드 등록 수수료는 면제해 줄게."

그 말에 민서는 오예! 라고 말하며 정말로 기쁜지 주먹을 불끈 쥐었는데, 그 모습에 성형은 또다시 웃고 말았다.

'무려 인하 길드의 소속원이 수수료 제외됐다고 저렇게 좋아해?'

성형은 모르지만 민서의 수입은 현재 현석이 관리하고 있다. 민서는 현석에게 용돈을 받아 쓰는 입장이다. 그리고 현석은 민서에게 필요 이상의 돈은 주지 않았다.

성형의 생각과는 다르게, 민서는 제법 서민에 가까웠다.

어쨌든 민서와 평화는 둘만의 듀오를 설립했고 보조 및 회복 슬레이어 계통에서 꽤 유명해질 수 있었다.

그 길드의 이름은 평민 길드. 평화와 민서의 앞 글자를 땄다. 평민 길드는 실력이 뛰어났다. 게다가 아이템이나 보상의 지분에도 크게 욕심을 내지 않아서 타 길드들의 러브콜이 밀려들었다.

그 와중에 무수한 영입 시도들이 있었는데, 평민 길드는 영입 제의를 모두 거절했다. 인하 길드가 있는데 다른 길드가 눈에 찰 리 없다.

사람들이 몰라서 그렇지 현석을 제외하더라도 인하 길드는 이미 한국 최고의 길드가 아니던가.

그러던 차, Ray 길드장 최성국이 Ray의 간판스타 강동훈에게 말했다.

"동훈아, 네가 한 번 시도해 봐라."

"제가요?"

Ray 길드의 강동훈은 굉장히 유명한 슬레이어다. 특히나 여자들에게 굉장히 인기가 많았다.

일부 슬레이어들은 그 유명세를 이용하여 연예계에 진출하기도 했는데 강동훈 같은 경우는 연예계에 진출하지 않았지만, 훤칠한 키와 조각 같은 외모로 이미 수많은 팬을 보유하고 있는 슬레이어이기도 했다.

Ray의 길드장 최성국이 고개를 끄덕였다.

"그래, 너라면 가능할 거야."

최성국이 보기에도 강동훈은 잘생겼다. 애초에 호불호가 갈리는 얼굴이 아니다. 그냥 누가 봐도 잘생겼을 정도니까.

강동훈은 몇 번이나 곤란한 기색을 표하다가 최성국의 간곡한 부탁에 이내 고개를 끄덕였다.

"평화 씨를 영입하면 되는 거죠……?"

"물론 그렇지만… 그래도 둘 모두 영입하는 게 제일 좋지."

"한 번 노력은 해볼게요. 장담은 못합니다."

"에이, 네가 여자를 찍었는데 안 넘어가는 거 여태까지 한 번도 못 봤다."

"에이 형, 그거 다 헛소문인 거 알잖아요?"

"말이 그렇다는 거지."

성국도 안다. 소문과 다르게 강동훈은 여자를 제대로 꼬셔 본 적이 없다. 여자들이 먼저 안달을 내며 동훈에게 달려들었다. 그리고 또 소문과 다르게 강동훈은 여자를 함부로 만난 적이 단 한 번도 없었다.

어쨌든 그 날 이후로, 강동훈은 강평화에게 수작을 부리기 시작했다. 딱히 다른 걸 하는 게 아니라 종종 안부를 묻고 같이 밥이나 먹자는 얘기밖에 안 했다.

보통의 경우, 이 정도만 해도 알아서 넘어온다. 그래서 동훈은 여자를 꼬이는 스킬 같은 걸 잘 모른다. 하지만 어쨌든 노력은 해봤다. 강평화와 유민서쯤 되는 슬레이어를 영입하면 Ray의 전력이 엄청나게 향상될 것이 뻔했으니까.

강평화는 인하 길드의 길드 하우스에서 멍하니 걸음을 옮겼다. 어차피 길드간 연락을 위해선 연락처를 서로 알고 있어야 한다. Ray 길드도 최근 몇 번 같이 슬레잉을 했었고, 서로 연락처를 알고 있다.

그런데 강동훈에게 지속적으로 연락이 왔다. 강동훈이 누구던가. 이미 수많은 팬층까지 보유한 슬레이어들 중에는 최고로 잘생겼다 칭송받는 슬레이어가 아니던가. 오죽하면 그가 찍은 여자는 무조건 넘어간다는 속설까지 있을까.

물론 그런 소문 혹은 인식들과 달리 그는 스캔들 한 번 나지 않았고 그를 아는 사람들은 그가 게이가 아니냐고 묻기까지 했지만 말이다. 그가 여자를 많이 만난다고 하는 건, 그가 너무 잘생겨서 파생된 오해에 불과했다.

평화가 민서에게 물었다.

"있잖아, 민서야. 막 남자가 밥 먹자고 그러고 커피 한잔 하자고 그러고 그러는 건 관심이 있어서겠지?"

"응, 언니는 예쁘니까 그런 사람 되게 많지 않아?"

아니다. 옛날에는 많았는데 살을 빼고 난 이후에는 없어졌다. 살 빼기 전에는 대시를 굉장히 많이 받았다. 노골적으로 '너한테 반했다'라고 말하는 사람도 많았다. 그런데 살 빼고 나서는 그런 사람이 없어져 버렸다. 이상한 일이었다.

평화의 얼굴이 붉어졌다.

"그, 그런 건 아니구……."

"에이. 그런 사람 있네! 있어! 누구야?"

평화는 아니라며 얼버무리고 자신의 방으로 돌아와 방 안 침대에 누웠다.

'나한테 관심이 있는 거 같은데… 어떡하지?'

다른 걸로 고민하는 게 아니었다.

'현석이 오빠한테 말할까? 아냐. 아냐. 아냐.'

평화는 고개를 휙휙 저었다. 주위에 아무도 없어서 망정이지 있었으면 미쳤다고 생각할 정도로 세게 휘저었다.

'괜히 내가 꼬리쳤다고 오해하면 어떡해? 그건 절대 안 돼!'

애초에 다른 건 고민의 대상도 안 됐다. 다만 이게 걱정이었다.

'그, 그래도 말은 해야겠지?'

시간이 흘렀다.

'말하는 게 좋겠어.'

마음을 먹은 평화는 현석의 방문 앞에서 한참을, 그러니까 거의 1시간에 가까운 시간을 서성이고 나서야 겨우 용기를 내서 현석의 방에 들어갔다. 그리고 마치 죄를 지은 범죄자처럼 우물쭈물하면서 말을 했다.

"오빠, 그게 그러니까요… 이게 어떻게 된 거냐면요… 그게 그니까요…….'

현석도 어렴풋이 소문을 듣기는 들었다. Ray 길드라는 약체 길드—플래티넘 슬레이어의 입장에서는 그 강하다는 강남 스타일도 약체다—에 있는 강동훈이라는 얼굴 잘난 슬레이어 하나가 평화에게 작업을 걸고 있다나 뭐라나.

평화는 당황한 나머지 횡설수설했는데 말을 하다 보니 강동훈이란 남자가 자기를 좋아하게 됐다는 식으로 얘기하게 됐다. 사실 상황만 놓고 보면 그게 맞는 말이기도 했고. 자기는 절대 여우 짓을 하지 않았다는 걸 강조하고 또 강조했다.

현석은 뒤통수를 긁적거렸다. 요즘 현석은 스스로의 마음을 잘 모르겠다.

평화에게 분명 호감은 있다. 아직은 딱 거기까지다. 세영과 비슷한 느낌이다. 같은 길드 내에서 묘한 삼각관계가 형성되는 게 싫어 약간은 일부러 거리를 두는 면도 없지 않아 있다.

'Ray 길드라……. 정말 평화한테 반한 거야, 아니면 작업을 가장한 영입 시도야?'

현석은 어깨를 으쓱했다.

"어디, 그 Ray라는 길드. 나도 한 번 가볼까? 그 왜… 나도 평민 길드에 이름은 올라가 있잖아?"

"네, 네?"

평민 길드에는 현석의 이름도 올라가 있다. 어디까지나 이름만 빌려준 거지만 어쨌든 사실은 사실이다. 현석은 아무렇지도 않은 듯 피식 웃었다.

"나도 어차피 할 일도 없고. 그냥 지원이나 한 번 나가볼까 해서. 나도 힐러라고 하지 뭐."

현석도 힐러 맞다. 단, 힐러인 게 아니라 힐도 가능한 올 스탯 슬레이어라는 게 다를 뿐.

"오, 오빠도 같이요?"

"응."

마침 평민 길드가 내일 Ray 길드로 지원을 나간단다. 거기 함께 가기로 했다. 연락을 받은 Ray의 길드장은 알겠다며 찬성했다.

현석이 말했다.

"밥이나 먹으러 가자. 저녁 아직 안 먹었지?"

평화는 아까 민서랑 저녁을 먹었지만 자신도 모르게 거짓말이 나왔다.

"네? 네."

얼굴이 붉어졌다.

'거짓말은 나쁜 건데…….'

그렇게 생각은 했지만 이미 일은 벌어졌다. 이미 거짓말을 했고 돌이킬 수 없다. 그녀는 '어, 어쩔 수 없어. 그래 이미 어쩔 수 없는 거야. 사실 나는 배가 고픈 참이었어'라고 스스로를 속이면서 현석과 함께 걸음을 옮겼다.

그때, 종원이 세영과 함께 길드 하우스로 들어왔다. 종원이 우뚝 멈춰 섰다. 인상을 찡그렸다.

"야. 너 더럽게 기분 나쁜 일 있었냐? 뭔 놈의 표정이 똥 씹은 표정이야?"

현석도 인상을 찡그렸다.

"뭔 헛소리야?"

종원이 고개를 갸웃했다.

"뭐라도 걸리면 다 때려 부술 것 같은 느낌이었는데… 잘못 봤나?"

＊　　　＊　　　＊

Ray의 길드장 최성국은 다음 목표를 트윈헤드 오크로 잡았다. 지리산 중턱에서 발견되어서 잡으러 가는 길이 쉽지만은 않겠지만 Ray 길드와 평민 길드가 힘을 합친다면 충분히 슬레잉이 가능할 거라고 내다봤다.

요새 그린스톤은 완전히 황금값이다. 아니, 황금보다 더 비싸다. 최근에는 소리와 글록이 합심하여 M—arm을 공급하게 되면서 가격이 하향 조정되고 있는 추세지만 그래도 아직 4억 원이 넘는 가격에 거래되고 있다.

전문가들의 의견에 따르면 2억~3억 원 선에서 최종 시세가 결정될 거 같다고는 하지만 어쨌든 아직은 4억 원이 넘는다. 그런 큰돈을 얻는데 등산이 대수랴.

현석과 최성국이 인사를 나눴다. 보통 때라면 현석은 자신을 간략하게 소개하고 악수를 나누고 간단하게 몇 마디를 나눴겠지만 이번엔 안 그랬다.

최성국이 강동훈에게 귓속말로 속삭였다.

"저 사람, 원래 저렇게 무뚝뚝한가?"

"낯을 좀 가리는 모양인데요."

"그렇게 안 생겼는데 말이야."

"그러게요. 그런데 아이템도 하나도 없고. 좀 초보 같은데… 괜찮겠죠?"

"뭐, 힐러니까 아이템이 필요 없을 수도 있지."

평화는 현석을 힐러로 소개했다. 정식 힐러는 아니지만 현석의 힐이 평화의 힐보다 강력하니까 힐러가 맞긴 맞다. 거짓말을 한 건 아니다.

평화는 괜히 현석의 눈치를 살폈다.

'오, 오빠 조금 화난 거 같은데…….'

정작 현석은 하나도 화가 나지 않았다며 강동훈은 꽤 잘생겼네, 라고 말하며 피식 웃어 보였지만 말이다.

어느새 지리산 중턱에 올랐다. 이 근처다. 최성국이 이제부터 긴장을 해야 한다며 조심스레 걸음을 옮겼다.

현석은 인상을 찡그렸다.

'트랩퍼도 없고. 개판이구만.'

사실상 개판은 아니다. 트랩퍼가 없는 길드가 있는 길드보다 더 많다.

트랩퍼는 귀한 존재다. 현석도 머리로는 그걸 안다.

하지만 현석의 눈은 Ray 길드의 안 좋은 점들만 골라서 보고 있었다. 그런데 저만치 앞쪽 나무들 사이에 초록색 피부가 보였다.

"길장! 트윈헤드 오크가 아니라 트롤이 보이는데요!"

"트롤이라고?"

최성국은 고민에 빠져들었다. 트롤은 공격력 수치가 2,000이 넘는다. 물론 방어형 슬레이어들이 막아내려면 막아낼 수는 있지만 쉽지 않은 상대다. 불가능하지는 않겠지만 그래도 좀 위험한 감이 없잖아 있다.

슬레이어 중 한 명이 말했다.

"트롤 정도면 상대가 가능할 거 같은데요."

"그냥 잡죠?"

아직 트롤은 이쪽을 발견하지 못했다. 회의를 거친 결과, 트롤을 잡기로 했다. 그 사이에 현석은 크게 하품을 했다.

강동훈은 힐끗 평화와 민서 쪽을 쳐다봤다. 최성국이 그걸 놓치지 않았다.

'이상하네. 동훈이가⋯⋯.'

에이 아니겠지, 하고 성국은 고개를 절레절레 저었다. 원래 강동훈은 여자한테 매달리는 성격이 아니다. 오히려 그 반대다. 성국은 민서를 한 번 쳐다봤다.

'에이, 그럴 리가 없지.'

한편 강동훈은 속으로 욕했다. 아무리 봐도 저 남자 회복 슬레이어는 의욕이 없는 것 같았다.

'전혀 의욕도 없어 보이고 이건 뭐⋯ 매일 민서 씨와 평화 씨만 돈 벌러 다니는 거였구만. 민서가 고생 많이 하겠어.'

다들 비슷하게 생각했다. 저건 낯가림 정도가 아니라, 불편한 기색을 여과 없이 이쪽에 흘리고 있었다. 타인이 있는 이런 자리에서 저런 식으로 행동한다면 평민 길드원들끼리 있을 때 어떤 모습으로 행동할지 눈에 훤히 보였다.

'저런 놈팽이보단 우리가 데리고 있는 게 훨씬 낫겠네.'

그렇게 생각할 무렵 현석이 말했다.

"이제 회의 끝났어요? 길드장님?"

최성국이 대답했다.

"예, 위험하기는 하겠지만 슬레잉하겠습니다."

"트롤이 위험해요?"

"물론입니다. 방어형 슬레이어가 현재 둘입니다. 방어적인 측면에서는 충분한데 공격형 슬레……."

현석이 말을 끊었다.

"그러니까 저거 잡으면 되는 거잖아요."

최성국의 심기가 불편해졌다.

현석이 거슬렸다. 물론 힐러들의 몸값이 높기는 하지만 그렇다고 절대 갑의 위치에 있는 건 아니다. 하지만 민서와 평화가 있어 일단 꾹 눌러 참았다.

자꾸만 저쪽이 삐딱하게 나오는 이유를 대충 알 것 같았다.

'민서와 평화를 이쪽으로 영입하려고 한 걸… 눈치챘나 보다.'

아무래도 그런 것 같다. 그렇지 않고서야 저런 삐딱한 반응이 나올 리가 없다. 하지만 이건 오히려 호재다. 저렇게 삐딱하게 반응하고 있는 건 저런 반응밖에 보일 수 없다는 거다. 즉, 능력이 안 된다는 말이다. 능력이 안 되니까 저렇게라도 시위를 하고 있는 거라고 생각했다.

'네가 그렇게 굴어봐라. 더 정나미가 떨어져서 민서와 평화가 이쪽으로 오겠지.'

성국은 열심히 착각했다. 그때 현석이 걸음을 옮겼다.

"현석 씨, 어디 갑니까!"

"트롤 잡는다면서요?"

민서가 현석의 옷깃을 살짝 붙잡았다.

"오, 오빠. 오빠 지금 힐러인데?"

"아 맞다. 나 힐러지."

현석은 성의 없이 대답했다. 하지만 걸음을 멈추지는 않았다. 힐러라고 트롤을 때려잡지 말란 법은 없다. 힐러도 힘이 세면 트롤을 잡으면 된다. 강동훈이 재빠르게 달려와 앞을 막아섰다.

"현석 씨! 멈추세요! 트롤의 인식 사정권 내에 들어섭니다."

그 와중에 민서와 평화를 인식했다. 그걸 현석이 느꼈다.

'이놈. 나랑 비슷한 부류다.'

맹수는 맹수를 알아보는 법이다. 물론 이 경우, 맹수라고 표현하기엔 좀 어폐가 있기는 하지만 말이다.

어쨌든 현석은 강동훈을 보며 확실히 느꼈다. 이놈, 행동이나 말투 하나하나가 민서와 평화를 의식하며 여자들이 좋아할 만한 행동들을 골라하고 있다.

아까부터 지켜본 결과가 그랬다.

물론 동훈은 그런 게 아니었지만 현석의 눈엔 그렇게만 보였다. 이래서 선입견이 무서운 거다.

현석이 입을 열었다.

"그쪽이 평화한테 그렇게 작업을 건다면서요?"

예상치 못한 질문이었는지 강동훈의 얼굴이 아주 조금 붉어졌다. 하지만 이내 평정심을 되찾았다.

"그런데요."

오히려 당황한 건 평화였다. 최성국도 당황했다. 지금 그 무시무시하다는 몬스터 트롤을 앞에 두고 무슨 일이 벌어지고 있는 것이란 말인가.

무엇보다도 지금 제일 당황한 건 평화였다. 마치 현석이 아닌 것 같은 그런 기분이 들었다. 그러면서도 또 은근히 기분이 좋은 것 같기도 한 애매한 기분이었다. 이상했다. 어찌할 바를 몰라 속으로 발만 동동 굴렀다.

현석이 말했다.

"원래 그렇게 아무한테나 작업하고 그래요? 왜요? 평화가 뛰어난 힐러라서요?"

"아뇨, 개인적인 호감입니다."

저거 분명히 거짓말이다. 현석은 그렇게 생각했다. 사실상 강동훈의 마음이 진심인지 아닌지 판단할 근거는 없었다. 그냥 거짓말이라고 믿기로 했다.

이유는 잘 모르겠는데 갑자기 기분이 나빠졌다. 현석은 트롤을 향해 뛰었다.

"미, 미친!"

최성국이 비명을 토했다. 잠깐 움직임을 놓친 사이에 트롤을 향해 달려들었고 트롤이 현석을 발견했다. 방어형 슬레이어들이 황급히 쫓아가기 시작했다.

"어, 어라?"

그런데 조금 이상했다. 인간을 발견하면 미친 듯이 달려들어야 할 트롤이 의외로 잠잠했다. 분명히 발견이 가능한, 인식 가능한 거리에 있는데도 불구하고 말이다. 현석이 트롤에게 완전히 가까이 접근할 때까지 트롤은 그 자리에 멈춰 서서 움직이지 않았다.

현석을 뒤쫓아 가던 강동훈은 침을 꿀꺽 삼켰다.

'마, 말도 안 돼!'

트롤이 현석을 공격하지 않고 있다. 오히려 주춤주춤 뒤로 물러서고 있었다.

'몬스터를 제압하는 특수 스킬을 가지고 있는 건가?'

그런 게 아니었다. 이유를 알아낼 순 없었지만 트윈헤드 트롤까지는 그에게 적대감을 갖지 않는다. 예전에는 트윈헤드 오크까지만 그랬는데 이제는 트윈헤드 트롤까지도 그렇게 됐다.

연약한(?) 트롤 주위로 인간들 십수 명이 둘러싼 형국이 됐다. 그런 상황에서 현석이 말했다.

"앞으로 평화나 민서한테 섣부르게 영입 시도하려는 사람들이 혹시 있을지 몰라 이 자리에서 경고하겠는데요."

현석이 트롤에게 가까이 걸어가 정강이 부근을 한 대 찼다. 기분이 나빴던 것만큼 좀 세게 찼다. 픽! 소리가 났다. 그렇게 트롤은 시체가 됐다.

Ray 길드원들 사이에 침묵이 돌았다.

'도, 도대체 무슨 일이……?'

'지금 내가 꿈을 꾸고 있는 건가?'

있을 수 없는 일이 벌어졌다. 어떻게 그 강한 트롤을 발길질 한 방으로 시체로 만든단 말인가. 사실은 약한 트롤이라거나……. 하지만 그럴 리 없다.

현석이 말했다.

"앞으로 소문 팍팍 내세요. 민서나 평화 건드리지 말라고요. 평민 길드원들 아무도 못 빼갑니다. 영입 시도? 당연히 안 됩니다."

＊　　＊　　＊

현석이 길드 하우스로 돌아오자 명훈이 말했다. 명훈 딴에는 굉장히 진지했다. 진지하게 생각했고 또 진지하게 내린 결론을 진지하게 말했다. 심지어 굉장히 조심스럽기까지 했다.

"야, 내가 가만히 생각해 봤는데 너 좀 중2병 걸린 거 같아. 치료가 필요할 거 같아."

도대체 어디에 그렇게 진지해질 구석이 있는지는 모르겠지
만 일단 그랬다. 현석이 되물었다.

"뭔 소리야?"

"애초에 네가 처음부터 그냥 나 플래티넘 슬레이어고, 얘네
는 우리 길드 소속이니까 건드릴 생각하지 마라라고 하면 알
아서 기지 않았겠냐? 왜 그걸 굳이 찾아가서 그렇게 무력시위
를 하냐? 너답지 않게."

종원이 가만히 듣고 있다가 명훈의 뒤통수를 때렸다.

"야, 강동훈이란 놈 얼굴 한번 보려고 한 거지. 그것도 모르
냐?"

"남자 얼굴을 얘가 봐서 뭐해? 얘가 게이냐?"

종원이 현석의 의사와는 상관없이 자기 마음대로 결론을
내려줬다.

"장난 하냐? 내 여자 건드렸으니까 가서 콱 밟아 준 거지.
으, 으어. 혀, 형! 아냐. 내가 잘못 했어. 때리지 마!"

CHAPTER 3

　한국은 적어도 슬레잉에 있어선 뭐든지 가장 빠르다.

　강한 몬스터가 가장 빨리 나타나고 몬스터 웨이브도 가장 먼저 나타난다.

　이번에도 마찬가지였다. 한국에서 웨어울프 웨이브가 시작됐다. 항상 웨이브가 시작되는 첫날은 피해가 가장 많이 발생한다.

　전국 5개 지방에서 70명의 인명 피해가 발생했다. 그나마 이것도 선방한 거다.

　지금 군은 몬스터 웨이브가 출몰하는 지역에 초소를 세워

놓고 항상 감시를 하고 있다.

몬스터 웨이브가 시작되면 가장 빠른 계통으로 보고가 올라가며 즉각적인 조치가 이루어진다. 이번에도 대처는 잘했다. M—arm의 발전으로 몬스터 웨이브를 타격할 수단이 생겼기 때문이다.

그런데 문제는 이번 웨이브의 몬스터가 바로 웨어울프라는 것에 있었다.

웨어울프는 상당히 민첩한 몸놀림을 구사한다. 미처 처리하지 못한 웨어울프 몇 마리가 도시 내에 난입했는데 겨우 그 몇 마리 때문에 수십 명의 사망자가 발생했다.

성형이 말했다.

"웨어울프는 빠르니까… 도망도 제대로 못 치는 거야. 게다가 트롤같이 완력만 강한 개체와는 달리 인간을 찾아내서 죽이니까."

트롤 같은 개체는 주위에 인간이 없으면 그냥 기물을 파손한다. 가로등을 부수고 신호등을 꺾고 가로수를 뽑는다. 그러나 웨어울프는 그런 기물들은 건드리지 않고 인간들만 추적하여 죽인다. 게다가 빠르기까지 했다. 그게 무서운 점이었다.

현석이 말했다.

"그래도 제때 시간 맞춰서 고압 전류 벽 가동시켰다면서요? 완전히 안으로는 진입 못 하고 도로에 있는 사람들만 죽인 거 같던데."

"그게 그나마 다행이었지."

몬스터 웨이브가 강력해지는 만큼 인간의 대응 방식도 발전했다.

몬스터 웨이브가 발생되는 지점을 아예 통제할 수는 없지만 그곳과 도시가 이어지는 구간 내에 방벽을 설치하는 건 가능했다.

웨어울프 웨이브가 발생될 거라고 예상되는 시점이기도 했고, 정부는 수십 억 원의 예산을 들여 고압 전류 벽을 설치했다. 현석이 예전에 사용했던 것과 마찬가지로 이동식이었다.

"그래도 정부가 제법 대응을 잘하고 있네요."

웨어울프가 인구 밀집 지역에 한 마리만 들어가도 수백 명의 사망자는 우습게 발생한다. 그런데 한 지역도 아니고 전국적으로 70명밖에 안 죽었다. 이 정도면 대처를 잘했다고 볼 수 있었다.

성형의 얼굴이 어두워졌다.

"그런데 문제는… 곧 보름달이 뜬다는 거야. 옐로우스톤을 드롭하는 개체로 강화되겠지."

보름달이 뜨면 웨어울프는 강해진다. 그런데 문제는 그게 아니었다. 성형이 심각한 표정으로 말을 이었다.

"옐로우스톤을 드롭하는 개체에게……."

그린스톤을 드롭하는 개체를 상대하려면 최소한 그린스톤을 함유한 M—arm이 필요하다. 아예 소용이 없는 건 아니지만 효과가 미비하다.

성형의 표정이 굉장히 어두워졌다.

"그 웨어울프에게… 그린 등급의 M—arm이 통할까?"

*　　　*　　　*

옐로우 등급의 웨어울프는 한 마리만 놓쳐도 대량의 인명 피해가 날 수도 있다. 그나마 사람들의 인식이 많이 바뀌어 바깥출입을 자제하기 때문에 피해가 많이 줄어들 거란 희망적인 예측이 있기는 하지만 그렇다고는 해도 하루 동안 일상생활과 업무 자체가 마비된다는 점에서 손해가 이만저만이 아니다.

일본 유니온 이치고의 유니온장 야마모토 역시 이번 웨이브에 깊은 관심을 가졌다. 유니온장이라면 누구나가 다 그렇겠지만 특히나 미국, 중국, 일본의 경우는 더 깊은 관심을 가질 수밖에 없었다.

몬스터야 전 세계적으로 다 나타나지만 싸이클롭스와 자이언트 터틀, 그리고 몬스터 웨이브가 발생한 곳은 한국을 포함하여 4개국 밖에 없었으니 말이다.

"그래도 한국이니까 잘 막아낼 수 있겠지?"

"한국이니까가 아니라… 한국에 플래티넘 슬레이어가 있기 때문에 막아낼 수 있을 겁니다. 한국은 옐로우스톤 최대 보유 국가이니까요. 아니, 한국 유니온장인 박성형이 대주주로 있는 소리가 옐로우스톤을 갖고 있는 거긴 하지만요."

"그렇지."

야마모토는 속으로나마 다시 한 번 한탄했다.

그가 지금 일본 제1유니온인 이치고의 유니온장이라는 어마어마한 자리에 앉게 되기까지 얼마나 우여곡절이 많았던가.

남들은 일본의 유니온장이라 하면 감탄부터 하고 보지만 야마모토는 요즘 스트레스를 많이 받고 있었다. 오죽하면 스페셜 슬레이어라는 거짓 영웅까지 내세울까.

'플래티넘 슬레이어가 일본인이었다면…….'

이제 세계는 몬스터의 규격에 대해 어느 정도 통합된 기준을 갖춰가고 있는 중이었다.

원래는 '이지 모드 규격의 몬스터' 혹은 '노멀 모드 규격의 몬스터'라는 말이 많았는데 그린스톤을 드롭하는 최하급 몬스터가 등장함에 따라, 몬스터가 드롭하는 스톤으로 그 등급을 나누게 됐다.

이게 지금 세계적인 추이다. 예를 들어 그린스톤을 드롭하면 그린 등급. 옐로우스톤을 드롭하면 옐로우 등급으로 나누는 식이다.

어쨌든 그린 등급의 몬스터를 처리하려면 그린스톤이 필요하다. 그보다 격이 떨어지는 화이트스톤은 별로 소용이 없다. 마찬가지로 옐로우 등급의 웨어울프를 처리하려면 옐로우스톤이 필요하다.

"박성형은 분명 옐로우 등급의 M—arm을 많이 준비해 놨을 겁니다."

"그래. 그렇겠지."

그 말이 맞았다. 많이 보유하고 있다. 그건 거의 전적으로 명훈 덕분이었다. 명훈은 지금 히든 던전을 발견할 수 있는 거의 유일하다시피한 최상위 급 트랩퍼고 그 덕분에 던전을 찾아내고 또 옐로우스톤을 얻을 수 있었다.

보편적으로 던전을 한 번 클리어하면 옐로우스톤이 거의 100개 정도 보상으로 주어졌으니까. 하지만 여전히 문제는 남아 있었다.

야마모토는 생각했다.

'다만 한국 정부에서 그 M—arm을 제대로 구입 혹은 운용할 수 있을까? 소리가 스톤을 제공하지만 결국 완제품을 파는 건 글록이야.'

야마모토를 보좌하는 보좌관 겸 슬레이어인 신페이가 말을 이었다.

"게다가 한국의 경우는 비장의 수들도 가지고 있지요."

"비장의 수?"

"잊으셨습니까? 플래티넘 슬레이어가 가진 스톤이 무엇인지?"

"아……."

야마모토는 침음성을 삼켰다. 왜 그런 인재가 도대체 일본이 아닌 한국에 있는지 분할 지경이다.

그린 등급의 몬스터를 없애려면 그린스톤 이상의 스톤이 필요하다. 그린 등급 이상의 M—arm이 있어야 하니까. 그런데 플래티넘 슬레이어에게는 블루스톤도 있고 심지어 레드스톤도 있다. 그 두 스톤은 전 세계에서 오로지 현석 혼자만 갖고 있는 진귀한 것이며 그린스톤보다 상위 급의 스톤이라 평가되고 있다.

*   *   *

한편 한국의 유니온에서도 M—arm에 대한 얘기가 오가고 있었다.

"형님. 그런데 블루스톤이나 레드스톤으로 M—arm을 만들면 도대체 어떤 효과가 나타날까요?"

"아, 그것 때문에 잠깐 보자고 한 거야."

성형이 설명을 이었다.

"화이트 등급의 몬스터들에게 옐로우 등급의 M—arm으로 공격을 해봤어. 몇 번이나 반복 실험을 해봐서 얻게 된 결과인데⋯⋯."

성형은 잠깐 뜸을 들였다. 아무래도 실험 결과가 좀 놀라운 듯했다.

"실드 자체가 무효화되더라."

"실드가 무효화된다고요?"

몬스터가 무서운 이유는 그 개체가 가진 무력 때문이 아니다.

물론 싸이클롭스와 같은 개체가 강한 건 사실이다. 일반적인 사람들보다는 훨씬 강하다.

그러나 실드가 없는 싸이클롭스는 그렇게 무시무시한 괴물이라고는 할 수 없다. 사실 전투기 한 대, 아니 탱크 한 대만 출격해도 사냥이 가능할 거다. 실드만 없다면 말이다.

"그래. 동급의 M—arm과 달리, 두 단계 이상 격차가 나는 M—arm은 몬스터 본체에 직접적으로 타격을 가하더라고."

화이트 등급의 위는 그린 등급이고 그보다 상위 등급은 옐로우 등급이다. 그리고 그 옐로우 등급으로 화이트 등급의 몬스터를 공격하면 실드 자체를 무효화시킨단다.

수사슴 몬스터로 무려 10번이나 넘게 실험해 봤다. 일반적으로 몬스터가 아닌 일반 사슴의 경우, 급소에 총을 한 대 맞으면 죽는다. 급소가 아니어도 멀쩡하진 못한다.

"더군다나… 피가 나더라."

"피가 났다고요?"

노멀 모드에 접어들면서 몬스터는 슬레이어와 마찬가지로 외력의 영향에서 벗어나게 됐다. 그건 공식이었다.

그런데 두 단계 이상 격차가 나는 M—arm으로 타격하면 아예 피가 난단다.

성형이 주위를 한 번 둘러봤다. 그리고 목소리를 낮췄다.

"이건 너한테도 좋지 못한 소식이야."

"흠……."

성형이 뭘 말하는지는 알겠다.

지금도 어디선가 현석의 힘을 호시탐탐 노리는 국가나 단체가 있을지도 모른다. 미국의 경우는 상당히 우회적인 방법으로 접근해 오고 있고 일본도 마찬가지다. 그리고 예전 경매장 암습 사건과 중국에서의 습격 사건. 비약일 수도 있지만 과거 차희선의 살인 사건 등. 신경 쓰이는 사건들이 있었다.

그러한 와중에 실드를 무력화시킬 수 있는 무기가 등장했다는 말은 곧 현석에게도 위협이 될 수도 있다는 소리였다.

"네 실드 스킬 등급이 어떻게 됐지?"

"옐로우요."

일단 스킬자체는 옐로우 등급이다.

"하지만 네가 사용하는 거잖아. 넌 레드 등급의 싸이클롭스도 슬레잉이 가능한 슬레이어고. 확실한 실험을 해보는 게 좋겠어."

스킬이 표시되는 이름을 살펴보면 옐로우가 맞다. 그러나 그걸 사용하는 이가 플래티넘 슬레이어다. 등급 판정이 어떻게 이루어질지는 알 수 없는 노릇이었다.

한국 유니온에서 극비리에 실험을 해봤다. 현석의 실드 등급은 역시 옐로우였다.

옐로우 등급으로 만든 M—arm은 현석을 실드를 효과적으로 깎아내렸다. 물론 현석의 H/P와 실드 게이지가 워낙에 커서 게이지가 많이 떨어지거나 하지는 않았지만 옐로우 등급의 M—arm이 현석의 실드에 흠집을 낼 수 있다는 건 확인했다.

성형이 말했다.

"그나마 다행인 건 현재 옐로우스톤을 얻을 수 있는 슬레이어의 수가 굉장히 한정적이라는 거지. 옐로우 등급의 M—arm은 필요시에만 사용하는 것으로 해야겠어."

자칫 잘못하다간 플래티넘 슬레이어에게 독이 될 수도 있는 무기가 반출될 수도 있다.

㈜소리는 옐로우 등급의 M—arm의 대량생산을 포기했다. 옐로우스톤의 재고가 턱없이 부족하다는 것이 대외적인 이유

였다. 그리고 블루스톤이나 레드스톤으로 무기를 만들지도 않았다. 그 두 스톤은 현석의 인벤토리에 고이 모셔졌다.

"현석이 네 실드 등급이 옐로우라는 것이 알려지면 습격 사건은 언제든지 또 되풀이될 수 있어. 네 실드를 무력화할 수 있는 무기가 생기는 셈이니까."

물론 어디까지나 음모론이다.

그러나 현석과 성형은 지금 어떤 '가상의 단체'가 있을 수도 있다는 그 의심의 끈을 놓지 않고 있다. 세상에 전혀 알려지지 않은 '실드 스킬'을 무려 7명이나 익힌 집단이 최상위 급 슬레이어와 정재계 인사들만 참여하는 비밀 경매에 침입했다.

그게 과연 작은 단체에게 가능한 일일까를 곱씹어 봤는데 아무래도 좀 석연치 않았다.

'게다가… 차희선이란 여자도 갑자기 죽었었지. 정신적으로 뭔가 조작당한 것 같은 이상한 느낌까지 있었고.'

사실 너무 지나치게 걱정할 필요는 없다고 생각하면서도, 또 그렇다고 조심해서 나쁠 것도 없다는 게 성형의 입장이고 주장이었다.

"현석이 너도 네 실드의 등급은 부모님에게도 말하지 않는 게 좋겠어. 우리 둘만 아는 걸로 하자."

"부모님은 제가 플래티넘 슬레이어라는 것도 모르세요."

"앞으로도 모르게 하는 게 부모님께도 좋을 거야."

성형의 말이 맞다. 괜히 플래티넘 슬레이어의 부모라는 것이 알려지면 피곤해진다.

어차피 각 정부의 주요 인사나 각 국의 유니온 간부들쯤 되면 현석의 신상 파악은 끝났을 거다.

정부와 유니온에서도 현석 가족의 안위에 특히 신경을 쓰고 있다. 물론 현석의 부모는 모르지만 말이다. 하지만 그 외에, 대중들이 알게 되는 건 또 다른 문제다.

현석이 가볍게 몸을 풀었다.

"어쨌든… 내일이면 옐로우 등급 웨어울프의 웨이브가 시작되겠네요."

*   *   *

보름달이 뜨는 날이다.

몬스터 웨이브는 아침 6시부터 시작하여 저녁 6시에 끝이 난다. 그 시간 동안 보름달이 떠 있는 건 아니다. 그러나 군과 유니온은 옐로우 등급의 웨어울프가 나타날 수 있다는 것을 전제로 하여 작전을 진행했다.

아니나 다를까. 비록 하늘은 밝았지만 옐로우 등급의 웨어울프들이 출현했다. 직접적으로 달빛을 받느냐 받지 않느냐의 문제는 아닌 것 같았다.

〈옐로우 등급의 웨어울프 출현.〉

〈한국 정부와 유니온은 어떻게 대처할 것인가!〉

한국 유니온과 군은 잘 대처했다. 세상 사람들은 잘 모르지만 ㈜소리는 이미 옐로우스톤을 수천 단위로 보유하고 있다.

과거에 그러니까 그린스톤의 가격이 폭등하기 전에 소리는 옐로우스톤 하나에 일단 3억씩 계산해서 공급받았다. 이는 아직 시세가 결정되지 않았기 때문인데 차후 옐로우스톤이 그린스톤 혹은 화이트 스톤처럼 물량이 풀리고 난 이후에 시세가 결정되면 그 차익만큼을 현석에게 주기로 했다.

〈㈜소리. 보유 중인 옐로우스톤 전량 M—arm 전환.〉

세상에 거짓말을 했다.

현석은 요즘에도 명훈과 함께 히든 던전을 1주일에 하나 정도는 클리어하고 있었고 그러면 옐로우스톤이 100개 정도는 들어왔다.

여태껏 계속 그래왔다. 하지만 옐로우 등급의 M—arm이 현석에게 피해를 줄 수 있다는 것을 알아낸 이후로 옐로우 등급의 M—arm을 시중에 풀지 않기로 결정했다. 그리고 옐로우스톤 전량을 이미 사용했다는 발표를 하게 됐다.

일종의 이미지 마케팅도 실시했다.

〈㈜소리. 한국 정부 대신하여 옐로우 등급 M—arm 전량 구매.〉
〈자국을 위한 아름다운 결정.〉
〈옐로우 웨어울프 웨이브를 막아내기 위한 최선책!〉

그러면서 옐로우스톤을 전량 사용한다는 것까지 같이 홍보했다. 다른 나라에 팔지 않는 게 아니라 팔지 못한다는 명분을 얻기 위해서였다.

이제 다른 유니온 혹은 국가는 옐로우 M—arm을 구하고 싶어도 구할 수 없을 거다. 그들 스스로 만들지 않는 이상은 말이다.

옐로우 등급 M—arm의 지원 그리고 한국 유니온의 적극적인 협조 아래 옐로우 등급의 웨어울프로 이루어진 몬스터 웨이브를 그렇게 어렵지 않게 막아낼 수 있었다.

필요 이상의 화력을 쏟아부었다. 최대한 효율적으로 슬레잉하는 미국과는 약간 달랐다. 어쩔 수 없다. 그들은 한국에서 일어난 상황을 미리 분석하여 데이터를 얻은 상태고, 한국은 이 웨이브를 처음 맞이하는 거였으니 말이다.

혹시 몰라 기존의 7미터 높이에서 10미터 높이로 증축한 고압 전류 벽으로 장벽까지 만든 이후에 실시한 작전이었고 전국 5개 지방의 몬스터 웨이브를 모두 효과적으로 처리할 수 있었다.

외신들도 이 일을 중요하게 다뤘다.

〈한국 유니온. 그들의 능력은 어디까지인가!〉
〈한국의 3대 축복. 유니온, 소리, 그리고 플래티넘 슬레이어.〉

외신들은 한국 유니온의 능력을 대단히 높게 샀다. 프리미엄의 이미지와 더불어 위기 대처 능력까지도 굉장히 높은 평가를 받았다.

"역시 플래티넘 슬레이어로부터 공급받은 거겠지?"

"사실 그렇지. 옐로우 등급 웨어울프가 여태까지 몇 마리나 나왔다고 옐로우스톤을 많이 갖고 있겠어? 결국 이번 일도 플래티넘 슬레이어의 암묵적인 동의가 있었다고 봐야지. 원재료를 그가 제공했을 테니까."

한국 유니온의 능력은 곧 플래티넘 슬레이어가 만들어줬다는 인식도 퍼지기 시작했다. 사실상 M—arm을 만들 수 있을 정도로 옐로우스톤을 구할 수 있는 슬레이어는 그가 거의 유일하다고 보면 됐다.

일단 히든 던전을 찾아야 옐로우스톤을 대량으로 구할 수 있는데 그 던전을 찾을 수 있는 트랩퍼가 일단 거의 없다. 찾아낸다 하더라도 그 던전을 클리어할 수 있는 슬레이어도 그리 많지 않은 형국이고……

다른 나라, 혹은 다른 기업에서 못 만드는 건 아니다. 만들 수 있긴 있다. 다만 옐로우스톤의 재고가 너무 적어서 대량생산이 힘들다. 적어도 전국 4개 지방의 웨이브를 커버할 수 있을 정도의 생산은 절대 불가능했다.

플사모. 이름하여 플래티넘 슬레이어를 사모하는 모임의 카페원들은 모이기만 하면 플래티넘 슬레이어를 칭송하는 내용의 채팅을 하기 바빴다. 회원수가 벌써 3만 명을 넘었고 이 카페에 개설된 채팅방만 500개에 달했다. 그 곳의 대화 내용은 대동소이했다.

―솔까말(솔직히 까놓고 말해서) 한국에 플래티넘 슬레이어가 있다는 건 진짜 한국의 자랑인 거져.ㅇㅇ.
―뿐만 아니라 소리 역시 이번에 엄청 큰일 했네여. 옐로우스톤 그거 아직 시세도 제대로 결정 안 난 거자나여? 그런데 그걸 무상으로 제공했음요. 진짜 대단한 경미.

─세상은 그래도 아직 살 만하다는 걸 좀 느낀다니까요 요즘.

─그러게요. 내가 만약 플슬이었으면 완전 하고 싶은 대로 막 살았을 텐데.

─그러니까 영웅은 영웅인 거죠. 괜히 플슬 플슬하는 게 아니라니까.

흔히들 영웅은 난세에 나온다고 말한다. 사람들은 그 영웅으로 주저 없이 플래티넘 슬레이어를 꼽았고 또 유니온과 ㈜소리를 꼽았다. 그 셋 모두가 한국인 혹은 한국 단체라는 것에 한국인들은 커다란 자긍심까지 느낄 정도였다.

그에 반해, 유니온 내 현석 담당 실무자 중 한 명인 이은솔은 불평불만을 토해냈다.

"세상에… 이게 다 몇 개야……."

플래티넘 슬레이어. 물론 그녀도 플래티넘 슬레이어를 좋아한다. 대단한 사람인 것도 맞다. 훌륭한 사람인 것도 맞다. 그런데 이건 좀 아닌 듯싶다. 하루에 쏟아지는 팬레터와 응원 메시지, 혹은 대출 및 투자 건의 편지까지. 온갖 종류의 편지들이 유니온으로 쏟아지는데 이걸 그냥 버릴 수도 없고 대략적으로 카테고리를 만들어 분류하고 있는데 요즘 일거리가 더 늘었다.

"대한민국 우체국은 플래티넘 슬레이어가 먹여살리겠네."

그녀는 올해 30살이다. 일거리도 늘고 주름살도 늘었다.

현석도 사실 이 편지들 다 읽지 못한다. 읽지 않는 게 아니라, 너무 많아서 못 읽는다.

개중 정말 중요한 연락은 성형으로부터 직접 오니까 확인하지 않아도 괜찮았다.

그런데 아버지로부터 연락이 왔다. 그리고 그 전화 한 통때문에, 전 세계를 들었다 났다 하는 플래티넘 슬레이어가 직접 움직이게 됐다. 남들이 들으면 코웃음 칠 수도 있는 그런 일에 말이다.

CHAPTER 4

  유현석의 아버지인 유세권은 원주 토박이다. 원주에서만 50년을 넘게 살았다. 어릴 때부터 친구들도 꽤 있는 편이고 주변인들과도 좋은 관계를 유지하고 있는 편이다. 그리고 그중에서도 박진웅이라는 동갑내기 친구와 정말 친했다.

  진웅은 아주 어린 시절부터 세권과 함께 자라온 소꿉친구였으며 지금도 동네에서 같이 살고 있다. 50살이 넘어 굉장히 점잖아진 세권도 진웅을 보면 마치 어린 시절로 돌아간 것처럼 욕을 하고 유치해지곤 했다.

  현석은 '친구를 만난 남자들은 나이를 먹어도 애'라는 말을 아버지를 보면 떠올리곤 했을 정도다.

지금으로부터 약 8년 전.

세권의 친구인 진웅이 늘그막에 아들 하나를 낳았다. 50살이 거의 다 되어 늦게 낳은 아이였다.

너무 늦은 나이의 출산이라 진웅 부부도 굉장히 걱정을 했다고 한다. 그러나 주변의 축복 속에서 아이는 무럭무럭 잘자랐다. 손주를 봐도 될 법한 나이에 아들을 낳았다. 진웅 부부는 그 아이를 정말 애지중지 잘 키웠다.

아들의 이름은 박진호였다. 그런데 그 진호의 나이가 7살에 이르렀을 무렵. 급성 백혈병에 걸렸다.

진호는 병원에 실려 갔고 박진웅 부부는 눈물을 쏟으며 7살 아이의 병수발에 들어갔다.

세권이 말했다.

"최근에는 의학 발달이 많이 되어서… 생존율이 20프로는 된다고 하더라."

중간에 말이 조금 빠졌다. 그래도 5년 이상 생존율이 20프로는 된단다.

현석이 대답했다.

"예……."

현석도 진웅을 기억하고 있다. 어린 시절 자신을 많이 예뻐해 준 옆집 아저씨였다. 몇 년 전 돌잔치를 할 때, 바빠서 가지는 못하고 대신 10만 원 정도를 계좌에 보냈던 기억이 있다.

세권의 눈시울이 붉어졌다.

"그 쪼그만 녀석이 글쎄……"

슬레이어들은 일반인들에겐 동경의 대상이나 다름없다.

5천만 명 중에서 겨우 1만여 명만 존재하는 극소수의 사람들이며 그들이 전하는 슬레잉 얘기는 일반인들에게는 마치 영화 혹은 소설 속 영웅담과도 같았다.

일반 어른들에게도 그러했는데 나이 어린 꼬맹이들에게는 그 정도가 더 심했다.

현석이 자랄 때의 우상이 슈퍼맨이나 배트맨이었다면 지금 시대를 살아가는 꼬맹이들에게는 그 우상이 플래티넘 슬레이어라고 할 수 있었다.

세권은 친구의 아들이 그런 몹쓸 병에 걸렸다는 사실에, 그리고 그 때문에 둘도 없는 친구가 굉장히 괴로워한다는 사실이 못내 가슴 아픈지 결국 눈물을 한두 방울 흘렸다.

"그러니까… 네가 뭐 슬레이어라고 하니까, 그 플래티넘 슬레이어라는 사람을 알지 않겠나 싶어서. 유니온에 벌써 수백 통이나 편지를 보낸 모양인데… 역시 소용은 없다더라."

현석은 순간 말문이 막혔다.

플래티넘 슬레이어는 다른 사람이 아닌 현석 그 자신이었다. 아버지에게 일부러 숨기려고 숨긴 건 아니었다. 그러나 이후에 습격 사건들이 벌어지고 나서는 일부러 말하지 않았다. 알아서 좋을 게 없다고 생각했기 때문이다.

지금 현석의 부모는 모르지만 한국 유니온과 한국 정부는 비밀리에 현석 부모에 대한 보호를 진행하고 있다. 만에 하나의 경우를 대비하기 위해서다.

누가 중국에서 플래티넘 슬레이어를 습격하리라고 생각이나 했을까.

막말로 중국에서 현석의 부모를 납치하여 중국 유니온에 귀속되라 협박이라도 한다면—그럴 가능성은 거의 없지만—현석은 상당히 어려운 입장에 처하게 된다.

어쨌든 현석은 지금 자신이 플래티넘 슬레이어라는 것을 일부러 밝히지 않고 있는 중이다. 잠깐 말문이 막혔는데 마침 진웅이 찾아왔다.

"아, 안녕하세요?"

몇 년 전에 봤던 것보다 훨씬 늙어 있었다. 이마에 주름이 자글자글하고 굉장히 수척했다. 마음고생을 굉장히 많이 한 것 같았다.

얼마간 간단한 인사가 오간 뒤 박진웅이 현석의 손을 덥석 잡았다.

"현석아, 네가 슬레이어라면서?"

"예? 예, 그렇긴 한데요……"

현석은 박진웅을 쳐다봤다.

그 얼굴을 보고 있노라니 어린 시절의 기억들이 떠올랐다. 박진웅은 현석을 꽤나 귀여워해 줬었다. 그 당시엔 굉장히 젊었던 박진웅이었다. 체구도 큰 편이고 언제나 자신감 넘치며 약간은 무서웠던 아저씨라고 기억하고 있는데, 지금 현석 앞에 선 박진웅은 더없이 작기만 했다.

기억 속의 그 덩치 큰 사내는 여기 없었고 이제 아픈 아들내미 하나를 가진 아버지 한 명만 여기 있었다.

현석은 자신의 손을 꽉 붙잡은 박진웅의 손을 쳐다봤다. 그 손은 굉장히 투박했고 주름살이 가득했다.

'플래티넘 슬레이어를 그렇게 보고 싶어 한다니.'

현석이 말했다.

"제가 유니온에 요청해서 꼭 아저씨 소원 이뤄드리도록 노력해 보겠습니다."

노력하는 게 아니다. 이미 결정했다. 까짓것, 영화 속 주인공 놀이 좀 해주기로 했다.

현석의 속마음을 아는지 모르는지 진웅은 고마워하고 또 미안해했다. 괜히 너무 무리한 부탁하는 거 아니냐면서, 나도 정말 염치없다면서 눈시울을 붉히는데 사실 현석도 마음이 좀 아팠다.

'그 아이. 그렇게 예뻐했다던데.'

현석은 그 유명한 플래티넘 슬레이어지만, 그렇다고 타인의 아픔에 공감하지 못하는 건 절대 아니다. 더더군다나 한 아이의 아버지로 찾아와서 닭똥 같은 눈물을 뚝뚝 흘리는 모습을 보고 있노라면, 그것도 그 사람이 아버지의 가장 친한 친구라면 마음이 더 무겁다.

현석이 말했다.

"조만간 좋은 소식 가지고 오도록 해볼게요."

"이렇게 염치없는 부탁해서 정말 미안하다. 네가 무슨 힘이 있겠냐마는……."

진웅은 정말로 미안해했다. 지푸라기라도 잡는 심정으로 현석에게 말했지만 현석이 어린 아들의 마지막이 될 지도 모르는 소원을 들어줄 거라고는 생각하지 않았다.

그럼에도 불구하고 이렇게 부탁을 하는 자신의 처지가 슬펐다.

진웅은 그러면서도 현석에 대한 걱정의 끈을 놓지 않았다.

"너무… 무리하지는 마라. 너무 무리하다가 윗사람들한테 안 좋게 찍힐 수도 있으니."

*　　　　*　　　　*

한국 유니온에서는 대대적인 이벤트를 기획했다.

내용 자체는 별거 없었다. 슬레이어를 동경하는 한 꼬마아이가 슬레잉 장면을 그렇게 보고 싶어 한단다.

몸이 좋지 않은 아이인데 솔직한 말로 이제 완치는 거의 불가능한 상태라 했다.

그리고 플래티넘 슬레이어가 직접 그 꼬마아이의 마지막 소원을 들어주고 싶다고 말했단다. 그렇게 말하니까 영화 속에서나 벌어질 법한 일이 실제로 벌어졌다.

"그런 이벤트는 도대체 왜 하는 거야?"

"뭐, 나쁘진 않잖아?"

"그래도 굳이 그런 쇼를 벌일 필요는 없잖아. 유니온 요즘 그렇게 한가한가?"

처음에는 슬레이어들 사이에서도 좀 회의적인 의견이 많았다. 그런데 이 행사를 주최하고 적극적으로 참여하는 사람이 누군지 밝혀졌다. 바로 플래티넘 슬레이어란다.

모든 슬레이어들이 그렇지만, 그중에서도 한국 슬레이어들은 현석과 안면이라도 트고 싶어 한다. 현석과 함께 슬레잉을 하는 것 자체가 엄청난 거다. 그 유명한 '불가능한 업적' 혹은 소문 속에 존재하는 '결코 불가능한 업적'을 쉽사리 따낼 수 있도록 해주는 유일무이한 슬레이어가 아닌가.

강남 스타일의 길드장 김상호가 물었다.

"여러분의 생각은 어떻습니까?"

"찬성입니다."

"저도 찬성이요."

이 일을 기획한 사람이 플래티넘 슬레이어라는 게 슬레이어들 사이에서 알려지자마자 만장일치로 뜻이 합치됐다. 골드급 슬레이어들로만 이루어진, 인하 길드를 제외하면 한국 내톱 클래스의 길드원들이 만장일치로 뜻을 모았다.

강남 스타일뿐만이 아니었다. 플래티넘 슬레이어와 어떻게든 연을 만들어보고 싶어 하는 슬레이어들 중 1퍼센트에 속하는 100여 명 슬레이어들이 전부 참여 의사를 표시했다.

"우리 독수리 길드도 참여를 원합니다."

"저희도요. 이 기회에 좀 친해지면 좋겠네요. 아니, 그거까지는 안 바라니까 안면이라도 좀 텄으면……."

*   *   *

그들의 뜻을 전달 받은 성형이 현석을 불러냈다.

"이게, 지금 플래티넘 슬레이어인 네가 갖는 위상이야. 골드등급의 슬레이어 전원이 참여 의사를 표명했다."

"아……."

"그 아래는 말할 것도 없고. 한국 유니온 설립 이래로 최고로 많은 슬레이어가 한자리에 모일 것 같다. 아예 지금은 참석 티켓을 만들어 팔고 있어. 이 기금은 당연히 병원 측에 기부하거나 그 아이의 치료비로 쓰이게 될 거고."

현석도 사실 조금 떨떠름했다.

슬레이어들이 이 정도로 완벽하게 찬성 의사를 표시할 줄은 몰랐다.

거창한 일도 아니고 대단한 몬스터를 슬레잉하는 것도 아니었다. 다만 어린아이의 꿈 하나 이뤄주자, 지극히 개인적인 일이었는데 한국 슬레이어계의 중추 세력들이 전부 움직이기로 했단다. 뭐 이런 경우가 있나 싶었지만 어쩌랴. 일은 정말로 벌어졌다.

한국 유니온에서 대규모로 이벤트를 준비했다.

그에 걸맞게 기사들도 쏟아져 나왔다. 일부러 더 크게 홍보했다. 이왕에 하는 일이면 이미지 마케팅도 같이 하는 게 좋다.

〈백혈병을 앓는 아이를 위한 슬레이어들의 전진.〉
〈시한부 인생을 선고 받은 아이. 소년의 마지막 꿈을 위해 정상급 슬레이어들이 움직이다.〉
〈시민들의 협조가 필수요건!〉

이는 꽤 뜨거운 반응을 불러일으켰다.

"그거 들었어? 플래티넘 슬레이어가 직접 움직인대."

"뿐만 아니라 슬레이어들이 역대 최고로 많이 모인다더라."

"와~ 그럼 그거 구경 가야되지 않겠냐? 말 그대로 영화촬 영장이 될 거 아냐?"

몬스터를 하나 제작해서 그것을 가상으로 슬레잉한다고 했다. 스킬이 화려한 슬레이어들이 힘을 보태기로 했다. 현석의 아버지, 세권의 전화 한 통으로 인해, 윗사람들한테 찍히면 안 되니까 조심히 건의하라는 진웅의 부탁 한 마디 때문에 대한 민국에 뜨거운 열풍이 불어닥쳤다.

"솔직히 그 정도면… 출퇴근 시간만 아니면 교통 통제해도 되지 않냐?"

"그렇지. 뭐 잠깐 도로 사용 못 한다고 죽는 것도 아니고."

여론이 형성됐다. 유니온과 정부도 힘을 썼다. 진웅의 아들 이 입원해 있는 곳은 신촌 세브란스 병원. 그 앞 도로를 봉쇄 하기로 결정됐다. 평소라면 욕할 사람들도 이번엔 욕하지 않 았다. 오히려 지지했다.

미국 유니온장 에디도 이번 이벤트에 꽤나 관심을 가졌다.

"크리스. 한국 유니온에서 어째서 이런 번거로운 일을 벌이 고 있는 걸까?"

"슬레이어에 대한 이미지 상승효과와 홍보 효과가 가장 큰 이유겠지요."

"당연히 유니온 차원에서 기획하고 진행하는 거겠지?"

"물론입니다. 약간 과장하여 말하는 것이긴 하지만… 미 정부가 영화나 드라마 등을 통해 미국의 우상화를 진행했다면 한국은 슬레이어들을 통해 진행하고 있는 것이겠지요. 한국 유니온장 박성형의 주도로 모든 일이 처리되었을 확률이 높습니다."

미국 유니온장도, 그를 보좌하는 크리스도 착각했다. 사실 그런 건 부가적인 효과고 현석의 아버지가 전화했고 플래티넘 슬레이어가 결정해서 이 모든 일이 벌어졌다. 처음부터 기획 같은 건 안 했다. 하다 보니 일이 이렇게 된 거지, 이것도 인맥의 무서움이라면 무서움이었다.

"한국 정부에서도 적극적으로 협조하고 있는 것 같던데."

"맞습니다. 대중들은 의외로 이런 감성팔이에 약하죠. 최근 한국 정부는 웨어울프 웨이브를 효과적으로 막아내면서 지지도가 급상승하고 있습니다. 그것과 더해 이번 일은 국민들의 감성까지도 자극하는 좋은 기회가 될 겁니다."

날짜가 정해졌다. 대대적인 홍보도 이뤄졌다.

이번 이벤트를 위해 어린이 대상 연극의 전문 연극배우들도 힘을 보태기로 했다.

신촌 세브란스 앞 일대의 교통이 통제될 거라는 사실도 공표됐다. 불만을 표시하는 사람도 있기야 있었지만 소수였다.

　　　　*　　　　*　　　　*

　어쩌다 보니 세권의 부탁은 한국 유니온과 슬레이어들. 나아가 정부까지 움직이게 만들었다.

　정부와 유니온이 주최하고 시민들이 적극적으로 지지했다.

　종원이 말했다.

　"그래도 좀 위험하지 않겠냐?"

　명훈이 고개를 양 옆으로, 다분히 과장된 태도로 횤횤 저었다.

　"그럴 리가."

　"아니, 그래도……."

　명훈이 콧방귀를 끼며 말했다.

　"너 저번에 현석이랑 PvP연습할 때 전력 다했지?"

　"그, 그, 그건 절대로 아니다! 난 많은 힘을 비축하고 있었어!"

　하지만 종원도 명훈도 안다.

　종원은 그때 모든 힘을 다 쏟아부었다. 종원 혼자서 안 되니까 세영까지 불러서 종&영 콤비로 현석과 싸웠었다.

　사실상 종&영 콤비는 한국. 아니, 세계에서도 가장 강한 콤비로 통한다. 이들은 예전 한국에서 트롤 웨이브가 시작되기

전에 잔여 스탯을 각자에게 맞는 방식으로 투자를 했다. 현석만큼은 아니어도, 일반적인 슬레이어들 입장에선 충분히 사기적인 강함을 갖췄다.

종원은 분명 큰 대미지를 갖고 있다. 스탯이 올라가면서 스킬들도 업그레이드됐고 대미지도 큰 폭으로 늘어났다. 트윈헤드 오크 정도는 그냥 한 방에 죽인다. 현석을 제외하고 이런 슬레이어는 어디에도 없다.

문제는 종원의 대미지가 현석에겐 아예 들어가질 않는다는 것이었다. 월등한 스탯 차이 때문에 아예 명중이 안 됐다.

명훈이 그때를 떠올렸는지 킥킥대고 웃었다.

"걔는 심지어 피하려고도 안 했잖아."

"내, 내가 때리지 않았을 뿐이야. 알잖아 내 슈퍼 라이트닝 해머의 파워를."

슈퍼 라이트닝 해머가 아니고, 그냥 라이트닝 해머다. 어쨌든 종원의 말에 명훈은 계속 비웃었다.

"그래. 그러시겠지."

일단 종원의 공격은 맞아봐야 어차피 들어오지도 않으니 현석은 피하지도 않았다. 그리고 세영의 공격은 간혹 얻어맞긴 했는데 또 그래 봐야 방어력 때문에 대미지가 안 박혔다.

종원이 말했다.

"홍세영 그 가시나가 일부러 현석이 급소는 안 찌르더만!"

"원래 PvP에서 급소 찌르는 건 반칙이거든?"

"야. 솔직히 우리가 규칙 따질 때냐? 어떻게든 한 방 집어넣으면 성공하는 수준인데."

물론 홍세영이 크리티컬 샷을 노리고 찔렀다면 어떻게 될지 모른다. 애초에 크리티컬 샷은 대미지가 어떻게 측정될지 모르는 거니까. 찔렸다고 해도 어차피 대미지는 0일 테지만.

명훈이 말했다.

"하긴, 세영이는 규칙 때문에 급소를 안 찌른 게 아니고 사실은… 상대가 현석이라……."

명훈은 말을 잇지 못했다. 저만치 멀리서 세영이 보였기 때문이다.

얼른 아무 말도 하지 않은 척 딴청을 피웠다. 그리고 세영에게 말했다.

"야, 세영아. 이번에 현석이가 악당 역할 맡는대. 들었냐?"

홍세영이 멈춰 섰다. 어서 얘기해 보라는 듯, 무언으로 명훈을 압박했다.

"그러니까 그게……."

개요는 이랬다.

슬레이어들의 휘황찬란한, 그러나 현석의 입장에서는 부질없는 그런 공격들을 쏟아내야 좋은데 그걸 감당할 '악당'이 없단다. 자이언트 터틀 같은 몬스터를 어디서 잡아와서 풀어놓을 수도 없는 노릇이다. 그래서 현석이 직접 악당 역할을 자처하기로 했다.

공격력으로는 으뜸인 종원의 공격은 어차피 안 맞고, 명중률로 으뜸인 세영의 공격은 맞아봤자 안 아프다. 그렇다면 다른 슬레이어들의 공격도 어차피 거기서 거기일 거다.

H/P도 표시되니까, 만에 하나라도 30퍼센트 이하로 떨어지게 되면 멈추면 된다.

홍세영은 명훈의 말을 듣자마자 현석을 찾아갔다. 뭔가 불만에 가득 찬 태도로 현석을 노려봤다. 이유를 모르는 상태라 현석도 조금 당황했다.

"왜, 왜 그래? 왜 그렇게 노려봐?"

"너 싫어."

정말 뜬금없는 그 말에 현석은 헛기침을 몇 번 했다. 오늘은 왜 이러는지 정말 모르겠다. 갑자기 이러는 이유를 알아야 대처라도 할 텐데 뭐 때문인지 아예 감이 안 왔다. 확실한 건 홍세영이 지금 약간 토라진 상태라는 거다.

"왜 싫은지 설명이라도 좀 해주고 싫어해라. 그래야 안 억울하지."

"……."

세영은 말하지 못했다.

'네가 위험한 일에 나서는 거 싫다고!'를 말할 수 있을 리가 없다. 그리고 솔직히 객관적인 시선에서 살펴보면 전혀 위험하지 않다. 군이 위험도를 숫자로 표현하여 현석이 갖는 위험도가 1정도 된다했을 때, 세영의 머릿속에서 그 숫자는 1이 아니라 약 100,000정도로 해석되는 듯했다.

세영이 말했다.

"하여튼 너 싫어."

*   *   *

신촌. 세브란스 병원 앞 대로. 오전 11시.

유명한 영화를 촬영한다고 하면 구경꾼들이 몰린다. 이번에도 마찬가지였다.

한국 유니온이 준비한 행사 때문에 일반인들도 많이 몰려들었다. 경찰들도 많이 투입됐다. 혹시 모를 안전사고에 대비하기 위해서다.

한편 박진웅은 가슴이 벅차올랐다. 대로의 교통이 통제됐고, 일반인들에게는 연예인보다도 더 희귀하다 할 수 있는 슬레이어들이 한자리에 모여, 자신의 아들을 위해 이벤트를 벌인단다.

거기엔 한국 유니온과 슬레이어는 물론이고 정부. 나아가 국민들의 지지까지 있었다. 아버지 된 입장에서는 감격적인 일일 수밖에 없었다.

진웅이 말했다.

"플래티넘 슬레이어 구경하러 가자."

진호는 정말로 기뻐했다. 몸이 아프기라도 한 건지 안색 자체는 그렇게 좋지 못했지만 그래도 기뻐하는 건 확실했다. 와아! 소리치며 폴짝폴짝 뛰었다.

"와! 진짜? 진짜지? 진짜, 진짜지?"

"그래. 진짜, 진짜, 진짜지."

진웅이 진호를 안아들었다.

708호가 세상의 전부가 된 그 아이는 정말 가벼웠다.

7살일 때보다 8살인 지금이 더 가벼웠다. 휠체어에 앉았다. 이벤트가 끝나면 복면을 쓴 플래티넘 슬레이어가—대체로 어린아이들은 플래티넘 슬레이어가 변신 로보트나 슈퍼 히어로처럼 가면 같은 것을 쓴다고 생각하는 경향이 강했다—진호를 응원하고 한 번 안아주기로 했다. 플래티넘 슬레이어 역할은 김상호가 맡기로 했다. 어린이 전문 연극단도 힘을 보탰다. 대본과 각본. 그리고 연출까지도 책임지기로 했다.

"이제 시작할 시간 됐는데……."

"봐봐. 쟤 아니야? 저 꼬마애."

저만치 멀리서 진호와 진웅의 모습이 보였다. 사정을 알고 있는 사람들은 환자복을 입고 휠체어에 앉아 이쪽을 향해 오는 모습을 보며 짝짝짝 박수를 쳤다.

유니온과 정부의 안내에 따라 사람들이 갈라섰다. 바다가 갈라지듯 길이 열렸다. 적어도 이 짧은 순간의 주인공이 오고 있었다. 적어도 이 순간만큼은, 사람들도 한 마음이 됐다.

진호가 말했다.

"우와~ 아빠, 플래티넘 슬레이어가 나타났나 봐. 박수친 다!"

진호는 신이 났는지 저도 덩달아 박수를 열심히 쳤다. 고사리 같은 손이 빨개졌다. 자기가 주인공인지도 몰랐다. 진웅과 진호는 특별히 마련된 의자에 앉았다.

특별히 마련된 의자라고 해봤자 도로가에 세워진 파라솔이 있는 평범한 의자였으나 어쨌든 이 의자는 백혈병을 앓고 있는 한 소년에게는 예술의 전당 VVIP 특석보다도 더 훌륭한 자리였다. 물론 진호는 악당, 몬스터, 플래티넘 슬레이어에 대한 것으로 머리가 가득 차서 자신이 특별한 자리에 앉았다는 것조차 인식하지 못하고 있었지만.

쿠과광—!

미리 세팅해 놓은 대형 스피커들에서 효과음이 터져 나왔다.

어린아이들을 대상으로 한 연극을 많이 해왔던 팀들답게 그들은 능수능란하게 이벤트를 진행했다.

거대한 괴물이 나타났다. 특수 제작한 공룡 형태의 몬스터다. 연극배우들이 비명을 지르며 땅바닥을 굴렀다.

진호는 이 이벤트에 푹 빠져들었다. 8살 진호는 두 손을 꽉 쥐고서 이벤트에 집중했다. 그때, 각본에 짜여진 대로 슬레이어들이 나타났다. 연극배우들과는 달리 슬레이어들의 움직임은 어딘지 모르게 약간 뻣뻣했다. 슬레잉 실력이 뛰어나다고 해서 연기 실력까지 뛰어난 건 아니었으니까 말이다.

하지만 연기와는 별개로 슬레이어들의 화려한 스킬은 보는 이들을 압도했다.

강남 스타일 길드원들과 특별히 섭외한 스킬이 화려한 슬레이어들이 특수 제작한 공룡 몬스터를 향해 스킬을 쏟아붓기 시작했다. 시각적 효과를 강조하기 위해 일부러 다 순서를 맞춰놓고 연습했었다.

쿠과광—!

요란한 효과음이 쉴 새 없이 스피커에서 터져 나왔다. 스킬 고유의 효과음도 사람들의 귀를 때렸다.

사람들이 숨을 죽였다.

이건 연극이라는 걸 모두가 안다. 그런데 그걸 감안하더라도 슬레이어들의 스킬은 정말 대단했다. 게임 속 특수 스킬이란 특수 스킬은 전부 보는 것 같았다. 그걸 실제로 보니 소름이 돋을 지경이었다.

"세, 세상에……."

"스, 슬레이어들이란 저런 거구나……."

물론 이렇게 싸우진 않는다. 실제로 이런 식으로 현란하게 싸우면 싸우기도 전에 M/P가 전부 바닥난다. 그리고 힐러들도 자신의 역할에 충실했다.

"힐!"

사실 힐을 줄 것도 없다. 애초에 슬레이어들의 H/P는 달지도 않았다. 하지만 힐러들 수십 명이 회복 필드를 펼치고 일시에 힐! 을 외치며 힐을 구사했다. 이 타이밍을 정확하게 맞추는 것만 10분 넘게 연습했다.

진호는 침을 꼴깍꼴깍 삼켰다. 그때 진호의 눈으로 보기에 영락없는 악당이 나타났다. 연극의 최종 보스, 현석이었다. 현석은 악당답게 검은색 복면으로 얼굴을 가리고 있었다. 민서는 얼굴이 창백해졌다. 복면을 쓴, 악당 역할을 하고 있는 저 남자는 분명 현석이다. 역할도 그랬고 목소리도 그랬다. 문제는 연기가 심히 부자연스럽다는 것. 애초에 현석은 슬레이어지 배우가 아니었으니까. 현석은 상당히 많은 것들에 능통했지만 연기는 아니었나 보다. 게다가 어린이들을 대상으로 한 연극의 대사를 읊는다는 건, 너무나 어려운 과제였던 듯했다.

하지만 진호는 어색한 연기 같은 건 애초에 알아보지도 못했다. 정말 깊이 빠져들었다.

"혼내줘! 슬레이어들!"

어찌나 열성적으로 응원하는지 사람들은 진호를 보며 흐뭇한 미소를 지었다. 유명 언론들이 진호의 모습을 클로즈업했다. 고사리 같은 손을 꼭 쥐고 열심히 응원하는 모습은, 비록 풍성한 곱슬머리가 없어졌다고는 해도 충분히 사람들의 시선을 사로잡았다. 그리고 그 옆에 한 남자도 화면에 잡혔다. 그는 모두가 주목하고 있는 화려한 슬레잉 장면이나 플래티넘 슬레이어 보고 있지 않았다. 그 남자는 어쩌면 마지막 추억을 즐기고 있을지도 모를, 하나뿐인 어린 아들을 하염없이 쳐다보고 있었다. 그는 입술을 살짝 깨물고 있었다.

한편, 강남 스타일의 길드장 김상호의 연기 역시 어색하기는 마찬가지였다.

사실 김상호는 그만두고 싶었다. 강남 스타일의 길드원들도 길드장을 좀 창피해했다. 그나마도 주위에서 도와주는 전문 연극배우들이 바람잡이 역할을 해주며 분위기를 이끌어가니 다행이었다.

쿠과과광—!

아까보다도 더 화려한 스킬들의 향연이 펼쳐졌다. 모두들 일부러 화려한 스킬들만 골라 사용했다. 현석을 향해, 아까보다도 훨씬 더 강맹한 공격이 쏟아졌다. 실제 몬스터를 슬레잉하듯 팀을 짜서 서로 역할에 맡게 공격을 퍼부었다.

보조 슬레이어들도 나섰다. 오른손을 앞으로 내밀면서
'SPEED UP!'을 외쳤다.

사실 이건 말도 안 되는 상황이다. 버프는 중첩 적용이 안
된다. 각기 다른 스킬을 사용하는 게 맞다.

하지만 어차피 이건 연극이다. 실제 버프를 사용한 것도 아
니다. 그냥 SPEED UP!을 외치기만 했다.

그러자 슬레이어들의 움직임이 더욱 빨라졌고 더욱 강맹해
졌다. 이제 진짜 힘을 드러내기 시작한 거다.

온갖 화려한 스킬들과 공격이 쏟아졌다. 그러다가 현석이
공격을 하는 시늉을 하자 슬레이어들이 비명을 지르며 쓰러졌
다. 슬레이어들이 비명을 지를 때 진호는 귀를 막기까지 했다.

플래티넘 슬레이어의 역할을 맡은 김상호가 공격하기 시작
했다. 연극과는 별개로 그는 진심을 다해 공격했다.

어차피 H/P가 30프로 이하가 되면 그만둘 거다. 플래티넘
슬레이어의 방어력이라면 그렇게 크게 위험하지도 않을 거라
생각해서 진심을 다했다.

전력을 다하면 그래도 어느 정도는 통할 거라고 믿어 의심
치 않았다. 상대가 플래티넘 슬레이어라면, 그 역시 한국 내
톱 슬레이어들 중 한 명이었으니까.

'분명 플래티넘 슬레이어를 이기는 건 불가능하다.'

하지만.

'하지만 대미지는 분명히 들어간다.'

하지만 그도 많이 노력했다. 결정적으로 지금은 김상호만 공격을 하는 상황이다. 어느 정도의 대미지가 들어갈 지를 상상하면 흥분이 될 정도였다. 플래티넘 슬레이어의 H/P를 깎아내릴 수 있는 능력을 가졌다는 게 입증되는 거니까.

그런데 믿을 수 없는 일이 벌어졌다.

'대미지 자체가 아예 안 박힌다고……?'

아예 대미지가 안 들어갔다. 방어력이 높은 게 아니라, 그냥 대미지가 안 들어갔다. 이건 방어가 아니라 회피 같은 개념이었다.

'아예……?'

그는 플래티넘 슬레이어에게 다시 한 번 감탄할 수밖에 없었다.

'…엄청나군, 정말로.'

플래티넘 슬레이어와 자신 사이에는 결코 넘을 수 없는 엄청난 높이의 벽이 있는 것 같은 아득한 기분이 느껴졌다.

플래티넘 슬레이어가 대단하다는 건 알고 있었다. 분명히 알고는 있었는데 이 능력을 실제로 상대해 보니 소름이 끼칠 정도였다.

회피 동작을 하는 것도 아닌데 아예 공격 자체가 무효화되고 있었다.

하지만 현석은 결국 쓰러졌다. 겉으로 보기엔 계속 수세에 밀렸고 공격을 얻어맞는 것처럼 보였다. 마치 잘 짜여진 액션 영화를 보는 것처럼 두 사람의 전투는 화려했다. 보는 이들의 눈과 귀를 전부 사로잡았다. 시끌벅적하던 관중들도 이 순간만큼은 조용해졌을 정도였다.

"플래티넘 슬레이어 짱이다!"

8살짜리 소년에게 있어서 악당을 물리치는 플래티넘 슬레이어는 영웅이었다.

눈물까지 글썽거리는 것이 어지간히도 감동받은 듯했다. 이제, 악당을 물리치고 지구를 구한 플래티넘 슬레이어가 진호에게 걸어가 힘내라고 응원하며 번쩍 안아주는 일만 남았다.

김상호는 자신이 현석보다는 훨씬 연기를 잘한다고 자부하며 진호를 향해 뚜벅뚜벅 걸어갔다. 다른 사람들이 보기엔 그 걸음걸이조차 부자연스럽기 그지없었다. 그런데 문제가 발생했다.

"구급차! 구급차!"

혹시라도 모를 안전사고 때문에 미리 준비해 놓은 구급차가 달려왔다.

진호가 쓰러졌다. 구경을 왔던 사람들이 서둘러 길을 터주었다. 다행한 것은 바로 앞이 병원이라는 것. 이 사건이 한국에서 굉장히 크게 이슈화가 되었던 만큼 소식이 전해지자마자 병원 측에서도 재빨리 준비했다.

삐용—삐용—!

짧지만 커다란 사이렌 소리가 울렸다. 모든 매체들이 현 상황을 주목했다. 모든 사람들이 한쪽을 쳐다봤다. 상기된 얼굴로 열심히 응원하던 아이의 얼굴에서 핏기가 사라졌다. 구급차가 달리기 시작했다. 세브란스까지로 향하는 길이 열렸다.

'아이가… 쓰러졌다고?'

기절한 척 연기를 하던 현석은 자리에서 일어났다. 멀어져 가는 구급차의 모습을 잠시간 멍하니 쳐다봤다.

지금 방금 현석만 느낀 새로운 문제가 생겨서 마음이 복잡했었는데 더 복잡해졌다. 일단 급한 대로 성형에게 먼저 전화를 걸었다.

성형도 이 문제를 심각하게 다루기로 결정했다. 이벤트와는 별개였다. 그와는 별개로 심각한 문제가 하나 발생했다. 현석도 심각하게 생각했다. 하지만 그 문제는 일단 성형에게 맡겨 놓기로 했다.

그리고 쓰러진 진호의 병문안을 위해 가짜 말고 진짜 플래티넘 슬레이어가 황급히 병실로 뛰어들어 갔다.

CHAPTER 5

　유니온의 플래티넘 슬레이어 전담 팀 실무담당자 이은솔은 한참을 뒤진 끝에 편지를 찾아낼 수 있었다. 박진호라는 아이의 편지였다.

　안녕하세요. 착하고 바른 어린이 박진호입니다.
　저는 플래티넘 슬레이어님이 너무너무 보고 싶어요. 완전 최고예요.
　저는 좀 있으면 죽는대요. 그래도 플래티넘 슬레이어님이 너무너무 보고 싶어요.

완전 최고로 보고 싶어요.

—박진호 올림.

삐뚤빼뚤한 글씨. 맞춤법조차 엉망인 이 편지는 한 통이 아니었다.

내용은 모두 비슷비슷했다.

자기는 착하고 바른 어린이이며 플래티넘 슬레이어를 꼭 보고 싶다는 요청이었다. 마치 착하고 바르게 살고 있으면 플래티넘 슬레이어를 만날 수 있다는 것처럼 말이다.

이은솔은 거실 소파에 앉아 입술을 잘근잘근 깨물었다.

자기 탓이 아니란 걸 알긴 안다. 그녀의 임무는 편지를 분류하는 것이었지 어떤 편지가 있는지 찾는 건 아니었으니까. 하지만 괜히 죄스런 기분이 들었다.

'이게… 진짜였어?'

플래티넘 슬레이어에게 오는 편지나 선물 등이 워낙에 많다 보니 이은솔은 분류 별로 분류는 해놓되 내용을 모두 읽진 않았다. 대충대충 넘겼다. 사실상 박진호 말고도 이런 편지는 많았다. 내일 당장 죽고 싶은데 한 번만 만나 달란 얘기도 많았다.

하지만 이게 진짜인 줄은 몰랐다.

어쨌든 이은솔은 TV로 중계되고 있는 현 상황을 보면서 눈물을 뚝뚝 흘렸다.

다른 사람들에게는 어떨지 몰라도 그녀에게는 꽤 감동이었던 듯했다.

"무, 무슨 일이 벌어진 거야!"

그런데 이번 이벤트의 주인공인 꼬마아이가 갑자기 쓰러졌다.

구급차에 실려서 바로 앞, 세브란스 병원으로 이송됐다.

현석은 진웅 앞에 섰다. 수술실이라 적혀 있는 LED 녹색 점등은 진웅의 속을 시커멓게 태우고 있었다.

"아저씨……"

"현석아."

진웅은 현석에게 고맙다고 몇 번이고 말했다.

아들이 그토록 원했던 꿈을 이루게 해줘서 고맙다고 했다.

며칠 뒤, 현석은 검은 양복을 입고 검은 넥타이를 매고서 신촌 장례식장으로 향했다. 진웅과 각별한 사이인 현석의 아버지, 세권이 진웅과 함께 상주 노릇을 같이 해주고 있었다.

"왔냐?"

"예, 아부지."

현석은 앞을 쳐다봤다. 저만치 앞.

네모난 사진 속에는 곱슬곱슬한 머리카락이 풍성한 꼬마

아이의 환한 웃음이 담겨 있었다.

708호가 세상의 전부였던 그 아이는 이제 네모난 액자 속에서 웃고 있었다. 그 앞에 놓인 국화꽃을 보기에는 너무 어리고 천진난만한 미소에 현석은 괜스레 가슴이 아파 입술을 살짝 깨물었다.

현석도 국화꽃을 놓았다.

'편히 쉬어라.'

진웅과 술을 한 잔 기울였다. 진웅은 현석에게 정말로 고맙다고 말했다. 현석이 이루어준 소원은 정말로 마지막 소원이 된 셈이었다.

또다시 눈시울이 붉어지는 진웅을 보며 현석은 고개를 떨구었다. 최근에는 급성 백혈병이라 해도 완치 확률이 좀 있다고 하더니 다 그런 것도 아닌 모양이었다.

현석이 할 수 있는 건 아무것도 없었다.

어린 아들을 잃은 아비에게 무슨 말을 해야 위로가 될까. 그저 현석은 진웅과 함께 술을 몇 잔 마셨을 뿐이다.

3일 뒤. 진웅이 말했다.

"야, 세권아."

"왜?"

"너냐?"

"뭐가?"

"모르는 척하지 마라 인마. 내가 널 몇십 년을 봤는데."

세권은 정말 무슨 말인지 몰라 고개를 갸웃했다. 비록 50년의 세월을 같이 보냈지만, 그렇다고 해서 속마음을 모두 아는건 아니었으니까.

"이렇게 큰돈을 주면 어떡하냐? 아무리 네 아들, 딸내미가슬레이어가 됐다고 해도… 최상위 급 아니면 그렇게 부자도아니라더라."

"무슨 말을 하는 거냐?"

세권은 부조로 100만 원을 했다. 그것도 모자라 3일 내내같이 있어줬다. 그게 50년 지기 친구에게 그가 할 수 있는 최대한의 위로였다.

"너 말고 10억 원을 부조할 놈이 또 누가 있겠냐? 대출까지졌냐?"

"도대체 무슨 소리를 하는 거야?"

진웅은 한숨을 푹 내쉬었다. 아무래도 이 50년 지기 친구는 끝까지 모르는 척을 할 셈인 것 같았다.

'고맙다.'

속으로 생각했다. 어차피 10억 원은 돌려줄 거다. 아들이죽은 건 물론 슬픈 일이지만 그렇다고 해서 그 목숨을 팔아10억씩이나 받을 염치는 없었다.

더군다나 이 친구는 잠도 제대로 못자면서 3일 동안 같이 있어주지 않았던가.

"어, 여기 무슨 편지 같은 게 있는데요."

부조 봉투를 열어 돈을 세던 진웅의 조카가 뭔가를 발견했다.

"플래티넘… 슬레이어?"

플래티넘 슬레이어에게 편지가 와 있었다. 힘내라고, 가까이서 본 아드님은 정말로 듬직했고 착해 보였다는 짤막한 위로의 문구가 적혀 있었다.

감히 돈으로 위로가 될 거라고 생각하지는 않지만 자식을 잃은 부모에게 드리는 작은 위로라는 말도 써 있었다.

진웅은 머리를 한 대 얻어맞은 것 같은 기분에 사로잡혔다.

'도대체 언제? 누가 왔었지?'

여기에 들어 있다는 말은 직접 왔을 확률이 높다. 아니면 지인을 통해 넣었던가. 세권이 진웅의 어깨를 두드려 줬다.

"플래티넘 슬레이어라는 그놈 멋있는 놈이네. 그런 이벤트도 해주고 얼굴도 모르는 너한테 거금까지 쥐어주고. 사람들이 죄다 영웅, 영웅 하던데 왜 그러는지 이제 좀 알겠어."

세권이 옆의 아들을 쳐다봤다. 아버지들이 으레 그렇듯 애정 어린 잔소리를 했다.

"봤지? 돈은 개같이 벌어도 정승같이 써야 하는 거다, 현석아. 너도 그 사람처럼 유명한 슬레이어가 되면 꼭 어려운 사람들 도우면서 살아야 한다."

현석은 약간 떨떠름해졌다. 그 유명한 슬레이어가 전데요 하고 말할 수 없었던 현석은 얼떨결에 네, 하고 고개를 끄덕였다. 진호의 유골은 봉안당에 고이 모셔졌다.

하루가 더 지났다.

＊　　　＊　　　＊

성형의 표정이 조금 어두웠다.

"꼬마아이 일은… 안타깝게 됐다."

"어쩔 수 없죠."

"그래도 자기가 그렇게 원하는 거 보고 갔으니까 마지막 길은 행복했을 거다."

현석도 고개를 끄덕였다. 사실상 자신은 커다란 힘을 갖고 있기는 하지만 사람들이 아는 것처럼 영웅은 아니다. 이런 자신을 그토록 보고 싶어 하고 동경했다는 사실이 민망하긴 했지만 그렇다고 기분이 나쁜 건 아니었다.

성형이 말했다.

"어쨌든… 당장 네게 중요한 건 M—arm이지."

"그렇죠."

저번 이벤트 때, 누군가 M—arm을 사용했다. 하도 많은 슬레이어가 한꺼번에 달려들어 공격을 해서 누가 그랬는지는 모르겠다.

성형이 말했다.

"옐로우 등급의 M—arm이었겠지?"

"네, 실드에 분명 충격이 있더라고요. 형님도 알다시피 제 실드는 옐로우 등급이거든요. 밖에서 저격이 있었을지도 모르겠어요. 하도 슬레이어들이 많아서 누가 그랬는지 확신할 수가 없어요."

"근거리 공격은 아니었을 거야. 일반적인 공격으로 네 실드에 충격을 줄 수 없을 테고… 스나이퍼의 저격 정도쯤은 되어야 좀 영향이 있을 테니까."

현석은 강하다. 그러나 그렇다고 엄청난 초인은 아니다.

그 강하다는 싸이클롭스도 실드만 없으면 현대 무기 앞에서 맥을 못 추게 된다. 현석의 경우는 옐로우 등급의 실드를 펼친 상태였는데 그 실드에 대미지가 들어왔다.

"그런데 그게 좀 애매해요. 급소를 노린 것도 아니고. 말 그대로 그냥 한 번 실험해 본 느낌이랄까. 공격도 몇 번 없었고요."

종&영 콤비도 현석의 H/P(혹은 실드)게이지에 아무런 영향을 끼치지 못했다. 종원은 명중률이 너무 낮아서 못 때렸고 세영은 대미지가 너무 낮아서 타격을 못 줬다. 각기 다른 두

영역에서 정점을 찍고 있는 슬레이어들이 그런데, 다른 슬레이어들은 말할 것도 없다. 그럼에도 불구하고 몇 번씩이나 실드의 게이지가 깎여 나갔었다. 이토록 실드를 수월하게 없애버릴 수 있는 건, 적어도 옐로우 등급의 이상의 현대 무기. 즉, 옐로우 등급 이상의 M—arm밖에 없다. 적어도 상식선에서는 말이다.

"아까도 말씀드렸는데… 뭔가 좀 이상해요. 죽이려고 했다면 계속해서 저를 공격했을 텐데 그런 것도 아닌 것 같았어요."

"공격하지 못하는 상황이 되었을 수도 있지. 발각 위험에 처했다던가."

"글쎄요. 그것까진 잘 모르겠네요."

한국 유니온과 경찰은 비밀리에 수사를 진행시켰다. 유니온 측에서는 옐로우 등급의 M—arm이 플래티넘 슬레이어에게 타격을 입힐 수 있다는 사실도 딱히 알릴 필요가 없었다. 또 정부 측에서는 그런 일이 벌어지도록 방치했다는 욕을 먹지 않기 위해서라도 비밀에 부칠 필요가 있었다.

성형이 말했다.

"옐로우 등급의 실드도 만능은 아닌 거지. 그리고 사실상 옐로우 등급의 M—arm을 가질 수 있는 세력이나 단체 등은 별로 없어. 그걸 단서로 찾아보면 예상외로 쉽게 범인을 찾을 수 있을 거야."

시간이 조금 흘렀다. 그러나 누가 옐로우 M—arm을 사용하여 현석을 공격했는지는 끝내 밝혀지지 않았다.

그러던 차, 중국에서 결국 사고가 터졌다.

CHAPTER 6

중국은 슬레이어의 인권이 최하인 나라들 중 하나다. 더 최악을 꼽아보자면 북한이 있겠지만 북한의 슬레이어나 유니온은 대외적으로 거의 알려진 바가 없다. 심지어 북한에 유니온이 있는지도 확실하지 않다.

어쨌든 중국이 M—20에 속한 국가들 중 슬레이어의 권리가 바닥을 치는 나라라는 건 틀림없는 사실이었다.

그 때문에 차이나 레지스탕스가 중국 유니온과 정부를 상대로 계속해서 싸워왔었다. 그러나 여태까지의 싸움은 밑바닥에서 보이지 않는 싸움이라 할 수 있었다. 그런데 이번엔 차이나 레지스탕스에서 전면전을 선포했다.

각 국의 유니온들은 중국의 사태에 관심을 가지고 주시했다.

쿠데타에 가까운 이 사건이 어떻게 흘러가게 될지 주의를 기울였다.

성형이 말했다.

"여태껏 음지에서만 활동하던 차이나 레지스탕스가 갑자기 수면 위로 떠오른 건… 실드 스킬북 때문이었어."

"실드 스킬북이요?"

"그래. 차이나 레지스탕스의 간부들 중 몇몇이 실드를 익힌 것 같더라."

"중국 측에서 발표하기로… 예전에 중국에서 저를 습격했던 단체가 차이나 레지스탕스였다고 했었죠?"

"그래, 사실 그 말을 믿는 사람은 아무도 없지만."

현석도 그 말을 전적으로 신뢰하지는 않는다. 당시 차이나 레지스탕스는 그렇게 큰 힘이 없었을 거다. 시내 한복판에서 무기를 가지고 호텔을 습격했다. 그것도 현석이 있는 곳을 정확히 알고서. 중국 유니온의, 혹은 어떤 유니온 간부의 묵인이나 정보 제공 없이는 거의 불가능에 가까운 일이었다.

성형이 말을 이었다.

"어쨌든… 실드를 익혔고 현대 무기로 무장하고 있으니 걸어 다니는 장갑차나 다름없다고 봐야지."

슬레이어들이 쿠데타를 일으킨 건, 타국에서 전쟁을 걸어온 것과는 또 다른 문제다. 타국이면 미사일이라도 날리겠는데 그런 것도 아니다.

대량 살상 무기는 어차피 사용 못한다. 현재 차이나 레지스탕스는 철저히 게릴라전을 펼치고 있는데 꽤 성과가 좋은 듯했다. 중국 유니온 간부들 중 거의 100명에 달하는 수가 게릴라전에 의해 목숨을 잃었다는 소식까지 들려올 정도였으니. 물론 시간이 흐른 지금에서야 중국 유니온도 적극적으로 대처하고 있고, 간부 피해자는 그렇게 많지 않았으나 일반 슬레이어들의 피해 규모는 벌써 2천 명을 넘어섰다. 심지어 유니온 소속 슬레이어들이 차이나 레지스탕스로 넘어가는 경우도 비일비재하게 발생하고 있단다.

"중국 정부에서도 M—arm을 사들이겠군요."

M—arm은 실드에 영향을 끼칠 수 있는 현대 무기다. 여태껏 중국은 M—arm 구입에 소극적이었다. 여기엔 여러 가지 이유가 있는데 그중 하나가 바로 '글록'사와 관계가 껄끄럽다는 것도 포함되어 있었다. '글록'은 미국 회사이며 중국으로의 무기 수출은 지양하고 있었다. 미국 정부가 제재를 걸고 있기 때문이다.

중국도 군이 나서서 M—arm을 구입하려고 들지는 않았다. 일단 그들도 어느 정도 그린스톤 수량을 확보하고 있었고

M—arm을 만들 수 있는 능력을 갖추고 있었으니까.

"그렇지. 차이나 레지스탕스가 무기 제조 시설부터 공략한 게 즉효였어."

그런데 차이나 레지스탕스가 무기 제조 공정만을 골라 일시에 파괴시켰다는 게 문제였다. 오랜 시간 열심히 준비를 해 온 듯했다. 그리고 유니온에서 보관하던 그린스톤의 상당수도 도둑맞았다. 일반 무기로는 실드를 두른 슬레이어에게 타격을 입히기가 쉽지 않다. 그렇다고 시가지에서 화력이 지나치게 강한 무기를 사용하기도 어려웠다.

그리고 하루가 더 지났다. 성형이 말했다.

"중국 유니온에서 우리한테 접견을 요청했다."

중국 유니온은 한국 유니온과의 만남을 요청했다. 성형이 잠시 생각에 빠져들었다. 몇 초가 흐르고 나서야 다시 입을 열었다.

"그리고… 차이나 레지스탕스에서는 너를 보고 싶어 하고 있어. 요청 대상이 다른 거지."

중국 유니온은 한국 유니온에게, 그리고 차이나 레지스탕스는 현석에게 연락을 넣었다.

성형이 물었다.

"네 생각은 어떠냐?"

                    *   *   *

　중국도 원래 M—arm을 만들 능력을 가지고는 있었다. 그러나 차이나 레지스탕스는 중국의 무기 제조 시설을 일시에 급습하여 3일 만에 모두 무력화시켰다. 정말 오랫동안 치밀하게 준비해 온 듯했다.

　"도대체 왜 M—arm을 미리 만들어놓지 않은 거야?"

　"그냥 웨이브 생기면 그때 만들면 된다고 생각하고 있었나 본데."

　"그래도 그렇지 요즘 같은 시대에 어느 국가가 M—arm을 안 만들어놔? 제정신인가?"

　"대륙이잖아."

　중국은 세계인들의 비웃음을 받게 됐다. 그들의 비정상적인 유니온 행태도 일단 이상했지만 중국 측은 M—arm을 미리 준비해 놓지 않았단다. 미리미리 준비를 했더라면 이토록 무력하게 게릴라전에 당하고 있지만은 않았을 것이다.

　"차이나 레지스탕스에서도 준비를 철저히 한 모양이야."

　"그렇지. 그러니까 된통 당한 거지. 지금 중국은 완전 전쟁 수준이라던데?"

　시가지 곳곳에서 전쟁이 벌어지고 있다고 했다.

　그러한 와중에 중국 유니온 측 간부와 차이나 레지스탕스의 간부가 각각 한국 유니온, 그리고 플래티넘 슬레이어에게 접견을 요청해 왔다.

성형이 말했다.

"중국 유니온 측은 글록을 통해 그린 등급의 M—arm을 구매하고 싶어 하는 거 같더라. 글록과의 직접 협상이 조금 껄끄러운 관계여서 우릴 징검다리로 사용하려는 모양인데."

사실상 중국 유니온은 한국 유니온이 아닌 ㈜소리의 대표인 박성형을 만나러 왔다고 보는 것에 더 가까웠다. 더 엄밀히 말하면 M—arm 구입을 통해 자력으로 해결하겠다는 모습을 보인 거다.

"확실히 그게 더 낫겠네요. 글록도 소리의 눈치를 볼 수밖에 없는 상황이니."

그 말이 맞다. 소리는 플래티넘 슬레이어와 독점으로 계약을 맺었으며 몬스터 스톤을 차질 없이 공급받을 수 있다. 특히 현석은 일본 내에선 스페셜 슬레이어의 직위를 갖고 있으며 일본 내에 그린 등급의 최하급 몬스터들이 기승을 부리면 또 엄청난 단위의 그린스톤을 취득할 수 있을 거다.

다시 말해, 소리는 그린스톤을 보유한 '갑'의 입장에 있다는 소리다. 글록을 대체할 회사는 많다. 그러나 소리를 대체할 회사는 없다. 그러니까 글록은 어지간하면 소리의 말과 방침에 따라주려 애쓴다.

성형이 피식 웃었다.

"근데 그럴 거면 내가 아니라 너를 보고 싶다고 해야지. 걔네는 플래티넘 슬레이어가 누군지도 알잖아. 나였으면 너한테 몰래 찾아가서 다이아몬드라도 바쳤을 거다. 제발 잘 좀 얘기해 달라고. 소리가 글록에 비해 갑인 이유는 몬스터스톤을 공급할 능력을 가지고 있기 때문이지. 그리고 그 능력은 오로지 너한테서 나오는 거고."

사실상 지금 성형은 현석의 얼굴에 금칠을 해주고 있는 거다. 그러나 그 말이 틀린 것도 아니었다. 현석은 잠깐 민망해하다가 피식 웃었다.

"중국 유니온 간부라면서요? 일개 슬레이어한테 그렇게까지 하겠어요?"

"해야지, 그럼. 그 일개 슬레이어가 플래티넘 슬레이언데."

현석은 아무런 말도 않았다. 성형이 말을 이었다.

"그런 의미에서 차이나 레지스탕스의 선택은 옳은 거지. 너랑 어떻게 자리 한 번 만들어 달라고 이걸 보내왔으니."

"실드… 스킬북?"

차이나 레지스탕스는 일단 공식적으로는 현석을 습격한 집단이다.

통상적인 방법으로는 만나기가 힘들다. 그리고 중국 유니온과는 달리 플래티넘 슬레이어의 정체도 모르고 있는 듯하고.

그래서 현석과 다리 좀 놔달라고 한국 유니온에 실드 스킬북을 갖다 바쳤다.

"실드 스킬북은… 예전에 경매장 습격 사건 때 그 슬레이어들만 갖고 있던 거잖아요?"

"맞아."

현석은 흥미가 일었다. 실드 스킬북은 그 자체로 엄청난 방어력을 갖는 스킬이라고 보기는 힘들었지만 현대 무기에 강력한 내성을 가진 보호막을 형성해 준다. 대(對)몬스터용 스킬이라기보다는 대인용 스킬에 가까웠다.

"물론 장소나 보안 역시 우리 쪽에 맡기기로 했어. 어떡할래? 중국 유니온과는 다르게 완전히 저자세더라고. 한 번 만나서 얘기나 들어볼래? 장소, 시간, 전부 우리한테 전적으로 맡긴다고 했어. 플래티넘 슬레이어의 안전을 보장하기 위해 몸수색도 마다하지 않겠다고 했지. 이 정도면 네 안전에는 문제가 없을 것 같다."

유니온에서 임의로 장소를 결정하고 또 임의의 시간에 만나면 습격 따윈 준비하지 못한다. 게다가 완전 비무장으로 만나고 싶다고 했다. 습격 의사는 없다고 봐도 됐다.

M—arm 없이 본신 능력으로 현석에게 위해를 가할 수 있는 사람은 없다고 봐도 됐으니까.

'게다가… 실드 스킬북이라…….'

접견을 성사시키는 것도 아니고 겨우 요청하는 것에 대한 대가로 실드 스킬북을 가져다 바쳤다. 지금 차이나 레지스탕스가 얼마나 저자세로 굽히고 들어오고 있는지 알 만한 대목이었다. 뿐만 아니라 실드 스킬북 자체에도 흥미가 일었다.

"좋아요. 한 번 만나보죠."

"그래. 나도 중국 유니온 대표랑 내일 한 번 더 보기로 했다. 그냥 얘기나 한 번 들어봐야지."

중국 내 쿠데타가 일어났다.

그리고 정부와 쿠데타 주체. 그 두 세력의 간부를 한국 유니온과 플래티넘 슬레이어가 각각 만나게 됐다.

*　　　*　　　*

차이나 레지스탕스의 간부인 준결(俊杰)은 한국어에 제법 능통했다. 그는 억울한 기색을 최대한 감추며 그가 취할 수 있는 극존칭을 사용하며 현석에게 조심스레 말했다. 현석을 어려워하는 게 눈에 훤히 보일 정도였다.

"절대 저희의 짓이 아닙니다. 당시 저희는 음지에서밖에 활동을 못했습니다. 저희에 대한 검문검색도 굉장할뿐더러 저희에 대한 신상 파악도 어느 정도 이뤄진 상태여서 그런 식의 습격은 절대로 불가합니다. 저희가 어떻게 플래티넘 슬레이어님께서 머물고 계신 곳을 어찌 알고 RPG까지 동원해 가면서 그런 짓을 벌일 수 있었겠습니까? 심지어 북경 한복판에서 말입니다."

"흠……."

준결은 현석에게 도움을 요청했다. 중국 유니온에 몬스터스톤 혹은 M-arm을 팔지 말아달라고 하소연했다.

중국 슬레이어들의 인권 문제를 들어 감정적인 이유에서부터 이후 현석에 대한 지원과 같은 실리적인 이유까지. 준결은 정말 열심히 현석을 설득했다.

설득보다는 애원에 가까울 정도로 그는 절박해 보였다.

"저희들끼리 하는 말이지만 ㈜소리의 실질적인 주인은 바로 박성형 님과 유현석 님. 그중에서도 유현석 님이라고 말하고 있습니다. 저희가 중국 유니온과의 전쟁에서 승리한다면 이후 중국 내 슬레잉에 자유를 드릴 거라 약속드립니다."

현석은 고개를 가볍게 끄덕거렸다. 이 조건은 정말 나쁘지 않은 조건이다. 아무리 플래티넘 슬레이어가 대단하다고 해도 함부로 타국에 가서 슬레잉을 할 수는 없다. 그건 도둑질이다. 그런데 공식적으로 인정을 받으면 얘기가 달라진다. 준결의 태도도 그렇고 대화 내용도 그렇고 어느 정도 마음에 들었다. 현석이 한 가지를 더 요구했다.

"제가 속한 길드도 포함시켜 주신다면 고려해 보겠습니다."

사실상 현석은 ㈜소리의 대표도 아니고 글록사의 임원도 아니다. 그렇다고 정치인도 아니다. 무력행사를 할 수 있는 군인 집단도 아니고. 그냥 일개(?) 슬레이어다. 그러나 이 상황을 현석도 준결도 이상하게 생각하지 않았다.

　준결은 그 자리에서 바로 확답했다. 이미 권한을 받아온 듯했다.

　"물론입니다."

　"그리고 또⋯⋯."

　준결은 침을 꿀꺽 삼켰다. 다른 사람도 아니고 플래티넘 슬레이어가 내거는 조건이다.

　그리고 그 플래티넘 슬레이어가 중국 유니온 측에 M—arm—더 정확히 말하자면 몬스터스톤—을 공급하느냐 공급하지 않느냐에 따라 중국 유니온과 차이나 레지스탕스의 싸움의 승패가 갈릴 수도 있다. 당연히 긴장될 수밖에 없다.

　"실드 스킬북을 어디서 어떻게 얻었는지 설명을 원합니다."

　예전에 소리 소문도 없이, 7명의 슬레이어가 실드를 익히고 있었다. 심지어 실드 스킬북도 가지고 있었다. 그걸 성형이 몰래 빼내어 현석에게 줬다. 당시 성형은 드롭됐다며 넘어갔지만 사실 드롭된 것이 아님을 현석도 잘 안다. 서로 암묵적인 동의하에 그냥 넘어갔을 뿐.

　준결은 잠깐 고민하는 듯했지만 바로 말을 이었다.

'어차피 플래티넘 슬레이어가 요구하는 모든 것들을 다 들어줘야 해.'

준결은 자신의 처지를 정확하게 이해하고 있었다. 그래서 완전히 굽히고 들어갔다. 사실상 중국 유니온과 차이나 레지스탕스의 전투는, 슬레이어들의 전투에 가까웠다. 전쟁이라고 보기엔 규모가 조금 작았다. 어디까지나 차이나 레지스탕스의 일원들이 실드를 두르고서 중국 유니온의 간부들을 죽이는 게릴라전 형태를 띄고 있었으니 말이다.

실드에 타격을 줄 수 있을 만큼의 강력한 화력을 가진 곳은 애초에 안 건드린다. 공략 대상도 아니다. 군인들이 장갑차 혹은 탱크를 몰고서 시가지를 돌아다니고 있기는 하지만 그렇다고 시가지에서 마구잡이 발포를 하지는 않는다. 괜히 그랬다가는 여론이 차이나 레지스탕스 쪽으로 몰릴 수도 있다.

준결이 말했다.

"실드 스킬북은……."

*   *   *

약간 문제가 생겼다. 현석이나 성형에게 불리한 문제는 아니고 중국 유니온 간부에게 문제가 생겼다.

현석이 말했다.

"그만 가볼게요 형."

"……"

성형도 아무 말하지 못했다. 그냥 어이없다는 듯 웃고 말았다.

'생각이 있는 건지 없는 건지 도통 모르겠군.'

중국 유니온 간부가 만나자고 해놓고선 10분 넘게 늦었다.

10분이 아니라 100분쯤 일찍 와서 기다리고 있어도 모자를 판에 말이다.

실제로 준결 같은 경우는 1시간 먼저 와서 정자세로 기다리고 있었다.

"아무래도 너한테 굉장히 커다란 보상을 해주고 실리를 약속하면… 그리고 나한테 호감을 얻으면 너를 쉽게 구슬릴 수 있을 거라고 생각했나 보다."

아무래도 그런 것 같다. 그런데 문제는, 중국 측이 제시할 수 있는 보상이라고 해봐야 현석의 눈에 그렇게 차지는 않을 거라는 거다.

현석은 싸이클롭스마저도 슬레잉이 가능한 세계 유일의 슬레이어다. 게다가 이후 나타나게 될 더 강력한 몬스터 웨이브 등도 피해 없이 막아낼 수 있다.

지금은 전 세계 4개국에서만 특이 현상이 발생하고 있지만 이후에는 이곳 외에도 발생할 가능성이 있다. 그렇게 되면 현석은 어느 국가라도 탐내는, 말 그대로 VVIP 정도가 될 거다.

당장 미국만 해도 예전 즉석에서 3,000억 원을 제시하지 않았던가.

"그때는 네 몸값이 지금보다 훨씬 낮을 때였지."

몬스터 웨이브도 발발하지 않았을 시점이고 웨어울프도 없을 때였다. 그럼에도 불구하고 3,000억원을 그냥 스카웃 비용으로 제시했다. 현석의 중요성과 몸값을 정확하게 알고 있는 성형이다. 성형이 어이없다는 듯 말했다.

"와, 그런데 정말 어이가 없네. 지각? 이게 무슨 어린애들 약속도 아니고."

"저도 좀 황당하네요."

정말 상식적으로는 있을 수 없는 일이 벌어졌다. 부탁을 하러 온 입장인데 지각이라니. 성형도, 현석도 도무지 이 상황을 이해할 수가 없었다. 화가 난다기보다 허탈할 지경이었다.

성형이 물었다.

"그래서 어떡하려고?"

"차이나 레지스탕스가 제시한 조건이 꽤 마음에 들어요."

그 말은 곧 판결 선언이나 다름없었다. 중국 유니온은 지금 밉보였다. 어차피 그들이 제시할 수 있는 보상은 차이나 레지스탕스가 내거는 조건에 비해 좋을 수가 없다. 적어도 현석은 그렇게 생각했다. 그런 주제에 지각까지 했다. 조건은 둘째 치고 기분 나빠졌다.

성형이 고개를 끄덕였다.

"차이나 레지스탕스가 제시한 조건이 확실히 네게 좋긴 좋지."

지금 상황에 있어서, 현석의 뜻이 곧 성형의 뜻이었고 성형의 뜻이 ㈜소리의 뜻이었으며 ㈜소리의 뜻이 글록의 뜻이었다. ㈜소리는 글록과 얘기하여 중국 측으로 M—arm 판매를 하지 않는 것으로 결정했다.

세계 최대 규모의 M—arm 회사가 판매를 거부했다. 다른 중소 회사들은 애초에 물량이 별로 없는데다가 소리와 글록의 눈치를 보느라 바빠서 역시 판매를 꺼렸다.

"글록사에서 판매를 거부했다 합니다."

"소리와 플래티넘 슬레이어의 입김이 작용했겠지?"

"그럴 가능성이 매우 높습니다."

"그럼 우리도 팔지 마. 소리도 소리지만… 다른 사람은 몰라도 플래티넘 슬레이어에게 밉보이면 곤란해."

"알겠습니다."

아무도 중국에게 M—arm을 팔지 않았다.

물론 소리나 글록에서 '너희들 중국에 물건 팔지 마!'라고 말한 건 절대로 아니다. 그런 강제력도 없을뿐더러 그럴 의도도 없었다. 그냥 결과가 이렇게 나왔다. 참고로 한국에 파견되어 지각을 한 그 남자는 중국에서 즉결 사형당했단다.

현석이 차이나 레지스탕스의 손을 들어주고 나서 며칠이 흘렀다. 정말 놀라운 소식이 전 세계를 강타했다.

"사실은 장위펑이 차이나 레지스탕스의 대장이었대."

"말도 안 돼! 그 슬레이어는 중국 유니온의 유니온장이잖아?"

"그러니까 충격인 거지. 와~ 대박이다. 무슨 영화도 아니고."

중국 내 최고의 실력을 가지고 있으며 중국 정부의 간부로 발탁되어 중국 유니온을 철과 피로 다스린 장위펑이 사실은 차이나 레지스탕스를 이끄는 슬레이어였단다. 여태까지 위장을 했다고 전해졌다.

장위펑은 중국의 지도부마저 철저하게 속였고 결국, 끝에 이르러서는 중남해까지 진출하여 중국 지도부들을 숙청하는 데 성공했다.

슬레이어들의 게릴라전은 거기서 끝났다고 보면 됐다. 중국의 주석 리치앙을 비롯하여 지도부 수백 명이 하룻밤 사이에 몰살당했다.

중국은 혼란에 빠져들었다. 단순히 게릴라전인 줄 알았는데 아예 지도부를 갈아엎게 됐으니 그럴 만도 했다.

그런데 장위펑은 강유라는 새로운 사람을 지도자로 내세우면서 중국을 빠르게 안정화시켰다.

성형이 말했다.

"수완이 제법 대단한 모양이야. 거의 2년 동안 자기 정체를 철저히 감추고 마지막에 가서 심장부에 비수를 꽂은 데다가 빠르게 안정화 작업까지 진행하고 있으니."

현석도 순순히 인정했다.

"대단한 인물이네요."

"그런데 말이야……."

성형이 조금 뜸을 들였다.

"왜요?"

사실상 중국에서 일어난 일은 물론 충격적인 일이지만 그렇다고 해서 현석에게 직접적인 영향이 있는 건 아니었다. 다시 말해, 현석에게 그렇게 크게 중요한 일은 아니라는 뜻이다.

"장위평이 너를 보고 싶다고 하네."

"장위평이요? 저를요?"

"예전에 차이나 레지스탕스에서 내건 조건과 똑같아. 무조건적으로 네 편의를 봐주고 네 안전이 확보된 상태에서 만나겠다는 거야. 너를 만나게 해주는 조건만으로 우리 유니온에게도 상당한 이득을 약속했고."

현석은 생각에 잠겼다.

'이제 내가 누군지 아니까 그냥 저한테 다이렉트로 연락을 했어도 됐을 거야. 하지만 굳이 유니온을 통해 내게 만남을 요청을 했다는 건… 내 편의를 신경 쓰고 있다는 것을 드러내기 위함이겠지.'

장위평.

엄청난 실력자라는 소문은 있지만 베일에 가려진 사람이다. 중국 내 톱 클래스의 슬레이어. 그리고 쿠데타를 빠르게 성공시켰으며 중국 국민과 슬레이어들을 안정화시키는데 혁혁한 공을 세우고 있는 장위평이 현석을 보고 싶다고 했단다.

'장위평이라… 살다 보니 이런 날도 오는군.'

원래 한전을 다니던 현석에게는 먼 나라 이야기였다. 지금 한 나라를 대표한다고 볼 수 있는 사람이 제발 한 번 만나 달라고 요청하고 있는 셈이었으니까.

현석이 말했다.

"한번 만나보죠."

중국 내 톱 슬레이어이자 세계를 철저하게 속인 인물 장위평과 세계에서 가장 뛰어난 슬레잉 능력을 가진 플래티넘 슬레이어가 만나게 됐다. 현석은 그와의 만남에서 정말 많이 놀랐다. 놀랄 수 밖에 없었다.

CHAPTER 7

　현석은 장위펑과 만남을 가졌다.

　일단, 중요한 건 아니지만 가장 먼저 놀랐던 건 장위펑의 생김새였다.

　장위펑은 생각보다 키가 작았다. 165㎝정도 되어 보였고 덩치도 굉장히 작았다. 중국 내 최고의 슬레이어라는 것만 알려져 있지 다른 것은 알려져 있지 않은 상황이어서 현석은 사실 조금 놀랐다.

　그리고 장위펑은 한국어에 제법 능통했다. 그렇게 잘한다고 보기에는 어려웠지만 의사소통에는 문제가 없었다.

'한국어로 나랑 얘기를 한다라……'

이것은 단순히 어떤 언어를 사용하느냐의 문제보다는 좀 더 깊이 있는 문제였다. 그는 지금 중국 유니온의 대표로서 이 자리에 찾아왔다. 그럼에도 불구하고 한국어로 이야기를 한다는 건, 사실 장위펑이 현석에게 고개를 많이 숙이고 있다는 걸 의미하는 것이기도 했다.

물론 조금 어려운 단어나 얘기가 나오게 되면 통역이 나서서 통역을 해줬지만 그래도 장위펑은 어색하면 어색한 나름대로 열심히 한국어를 사용했다.

장위펑이 말했다.

"저희는 한국 유니온의 선진화된 시스템을 모티브로 삼아 중국 유니온을 운영해 볼 생각입니다."

"그렇… 군요."

현석은 고개를 끄덕였다.

사실상 전 세계적으로 살펴봤을 때 가장 안정적으로 자리를 잡은 유니온을 꼽아보자면 미국 유니온과 한국 유니온, 그리고 E-유니온이 있겠다.

E-유니온의 경우는 유럽연합 EU와 비슷한 형태의, 유럽 유니온이라 볼 수 있었는데 이 유니온 같은 경우는 아직 그 체계에 위협을 받을 만한 위기가 온 적이 없었다. 따라서 위기를 겪으면서도 입지를 굳건히 하고 있는 유니온은 현재 미

국과 한국이라 볼 수 있었다.

'확실히… 미국과 한국이 가장 안정적으로 유니온을 운영하고 있어. 하지만 미국은 정부와의 협조가 워낙에 긴밀한 상태였고 재정적으로도 넉넉한 상태였지. 게다가 슬레이어들의 의식 수준도 중국 슬레이어들과는 완전히 다르고. 결국 중국 유니온에서 모티브로 삼아야 할 유니온은 한국 유니온이 되게 되는 건가?'

그리고 장위평은 현석이 예상하지 못한 얘기를 하나 꺼냈다.

"일본에서 스페셜 슬레이어로 활동하고 계신다고 알고 있습니다."

"……."

현석은 긍정도 부정도 하지 않았다.

장위평의 표정과 태도로 보건대 이건 짐작이 아니라 확신인 듯했다. 어디서 들었을 리가 없다. 분명 이건 장위평의 능력으로 알아낸 거다. 장위평도 현석을 곤란하게 할 생각은 없는 듯 바로 본론을 말했다.

"중국 유니온은 지금 사상누각과도 같습니다. 아직 민중들의 지지를 얻지도 못했고 슬레이어를 불신하는 세력이 많습니다. 슬레이어들끼리 조차도 화합되지 못하고 서로 세력을 나누고 있는 상황입니다."

한국 유니온이 슬레이어 절대수의 부족에도 불구하고 이토록 굳건히 자리를 지키며 유니온으로서 입지를 다질 수 있었던 것은 박성형의 능력도 능력이지만 플래티넘 슬레이어의 역할이 컸다.

재앙을 막아낼 수 있는 거의 유일하다시피한 수단. 그가 있어 이 한국 유니온이 하나로 뭉칠 수 있었다고 해도 과언이 아니었다.

"저희에게도 구심점이 필요합니다."

장위평은 미리 몇 번이고 연습이라도 했던 것처럼 청산유수처럼 말을 쏟아냈다. 외국인의 입장에서 '화합'이나 '불신' 혹은 '세력' 같은, 어려운 언어들도 쉽게 쉽게 사용하는 것으로 보아 아마 미리 연습을 많이 했던 말일 거라 짐작됐다.

"저희는 한국 유니온의 시스템을 본받을 것이며 귀하께, 중국의 SS 슬레이어 등급을 드리고 싶습니다."

"……"

한국에는 플래티넘 슬레이어가 있고 일본에는 스페셜 슬레이어가 있다. 그런데 장위평의 말에 따르면 이젠 중국에도 SS 슬레이어, 통칭 더블에스 슬레이어가 생겨나게 생겼다.

"물론 적절한 보상을 제시하겠습니다. 미국에서 3,000억 원을 단지 스카웃 비용으로 제시했던 것을 저희도 알고 있습니다."

장위평은 숨을 한 번 돌리며 현석을 눈을 똑바로 쳐다봤다.

비록 굉장히 공손하고 예의바르며 현석을 어려워하기는 했지만 그렇다고 당당함까지 잃지는 않았다. 그러면서도 오만한 느낌은 들지 않았다.

"이전에 약속드린 대로. 중국 내 슬레잉 자유권을 드리겠습니다."

"아."

일본이나 중국이나 지휘 계층이 생각하는 것은 아무래도 비슷한 것 같았다. 타국에서의 자유 슬레잉. 현석과 같은 어마어마한 능력을 갖춘 슬레이어에게는 지금 당장의 물질적인 보상보다 훨씬 더 큰 보상이라고 할 수 있었다.

"둘째, 저희는……"

솔직히 현석은 많이 놀랐다. 지금 이것들이 장위평과의 만남을 놀라게 만든 가장 큰 요인이었다.

'이것들은……'

장위평이 원래 대단한 사람이란 것은 알고 있었다. 중국 유니온장의 자리에 있으면서 동시에 차이나 레지스탕스를 지휘했다.

중국 정부의 뒤통수를 제대로 쳤다. 그러면서도 여태까지 알려진 것이 그렇게 많지 않은 인물이다. 이만해도 충분히 대단하다고 볼 수 있었다.

'이런 아이템들을 도대체 어디서 구한 거야?'

차이나 레지스탕스의 슬레이어들은 실드로 무장하고 있었다. 실드 스킬북은, 예전 경매장 습격 사건이 있기 전까지 존재조차도 몰랐던 아이템이었다.

"귀하가 속하신 길드인 인하 길드원 분들에게 드리는 저희의 작은 성의입니다."

마치 인하 길드원들에 대하여 굉장히 오랫동안 연구라도 한 것처럼, 각 길드원들에게 맞는 아이템들을 준비해 줬다.

'안 그래도 애들 아이템 새로 맞출 때가 되긴 했는데.'

현석이 긍정적인 답변을 내놓았다.

"긍정적으로 검토해 보도록 하겠습니다."

*   *   *

중국에도 엄청난 슬레이어가 등장했다. 등급은 SS. 사람들은 더블에스스 슬레이어라고 불렀다. 그 슬레이어는 중국에 나타난 자이언트 터틀을 맨손으로 사냥하는 쾌거를 이룩해냈다. 그런데 더블에스스 슬레이어가 나타나고서 얼마 지나지 않아 새로운 소문이 하나 돌기 시작했다.

"그런데 그 소문 들었어?"

"무슨 소문?"

"한국의 플래티넘 슬레이어, 일본의 스페셜 슬레이어, 중국의 더블에스 슬레이어 모두 공통점이 있잖아."

"무슨 공통점인데?"

슬레이어들 중에서도 굉장히 특출난 3명의 슬레이어들은 공통점을 갖고 있었다.

"자신의 정체를 비밀로 하고 있는 것. 그리고 맨손으로 싸우는 것."

"아……."

확실히 그랬다.

사실상 현석이 자신의 정체를 완전히 비밀리에 묻고 있는 건 아니다. 각 나라의 수뇌부나 유니온의 간부쯤 되면 현석의 정체를 안다. 그러나 대중들은 아니었다.

대중들은 심지어 일반 슬레이어들에 대해서도 잘 모른다. 워낙에 그 숫자가 적으니까. 괜히 슬레잉의 세계가 별세계라고 불리는 게 아니다.

"확실히… 공통점이 있네."

"그렇지?"

현석에 대한 오해가 또 쌓이기 시작했다.

"내 친구 슬레이어가 그러는데… 그 슬레이어는 정체가 탄로 나면 안 되는 퀘스트 같은 게 걸려 있나 봐."

"그런 퀘스트가 있어?"

"그래. 그렇다니까?"

사람들은 점점 그 세 명의 슬레이어가 자신의 정체를 드러내지 않는 것이 퀘스트 때문이라고 생각했다.

그 소문은 조금씩 더 구체화되기 시작했다.

"그래서 만약에 일정 숫자 이상의 사람들이 그들의 정체를 알게 되면 힘을 잃는 페널티가 있는 것 같더라고."

"헐? 진짜로?"

그런 페널티는 없다. 현석은 물론 많은 페널티를 갖고는 있지만 그런 퀘스트나 페널티는 받아본 적이 전혀 없다.

그런데 나름대로 일리가 있는 소문이었던지라 '플래티넘, 스페셜, SS 슬레이어 퀘스트 페널티설'은 기정사실처럼 굳어져 갔다.

"게다가 셋 다 맨손으로 싸우잖아?"

"그렇지."

"맨손으로 싸우면 그렇게 강해질 수 있다나 봐. 그게 강해지는 조건이래."

사실 몬스터를 맨손으로 잡는 건 상식적으로 생각해 보면 정말 바보 같은 짓이다. 요즘은 근거리 무기도 사용을 꺼려하는 추세다.

M—arm이 발달하고 있는 지금 기존의 근접 전투형 슬레이어들 조차도 원거리 무기를 사용하려고 하고 있다. 실제로 근접 전투 슬레이어의 숫자는 계속해서 줄어들고 있다.

그런데 무기도 아니고 맨손으로 싸운다? 그건 정말 바보들이나 하는 짓이다.

"맨손으로 싸우는 건 미친 짓이라던데? 몬스터가 얼마나 위험한 건데……."

"그러니까 그걸 극복하고 이겨내면 엄청 강해지는 거지. 그런 페널티도 감수하지 않고 어떻게 그렇게 강해지겠어?"

"아……."

사실은 그걸 극복해서 강해진 게 아니고 페널티 때문에 아이템을 못 쓰는 것이다. 현석이 들으면 굉장히 억울해할 소문이 여기저기 마구 퍼져 나갔다. 그리고 기정사실로 굳혀졌다.

종원이 말했다.

"야, 너 때문에 슬레이어들 사망자 수가 많이 늘었다더라?"

"뭔 소리야?"

"그거 모르냐? 3 슬레이어 퀘스트 페널티설하고 맨손 궁극기설?"

소문을 듣지 못한 현석이 인상을 찡그렸다. 그에 종원이 설명을 했다.

종원의 설명을 들은 현석은 어처구니가 없었다.

"퀘스트 페널티? 맨손 궁극기? 뭐 그런 소문이 퍼지냐?"

"낸들 아냐?"

다른 건 문제가 안 되는데 '맨손 궁극기설'은 좀 문제가 있었다. 괜히 능력도 안 되는 슬레이어들이 맨손으로 몬스터를 잡겠다고 설치다가 많이들 죽는 모양이었다. 따라서 한국 유니온 측에서는 현석의 부탁을 받아 '맨손 궁극기설'은 완전히 거짓된 정보라고 공표했으나 별 소용은 없었다.

오히려 음모론이 더 커졌다.

"생각해 보니까 플슬이 나타나고 1년 반쯤 있다가 스슬이 나타났잖아. 그 다음 얼마 지나지 않아 더슬이 나타났고."

"그렇지."

"그니까 플슬은 더 이상 자기처럼 강한 사람들이 나타나는 걸 원치 않는 걸 수도 있어."

"에이, 설마. 살신성인이라고 소문난 그 사람이?"

"그래도 사람인데, 자기 같은 능력을 가진 사람이 또 나오는 게 좋겠냐?"

"하긴… 그것도 그렇지."

사람들의 입에 오르내리면서 음모론은 계속 커졌다. 다른 건 몰라도 '맨손 궁극기설' 만큼은 한국 유니온도 잡아내고 싶었지만 그러면 그럴수록 사람들은 그걸 더 믿게 됐다.

*　　　*　　　*

무더웠던 여름이 지나가고 가을이 찾아왔다. 한국은 여름이란 계절을 굉장히 힘들게 보냈다.

그린 등급의 최하급 몬스터들이 출몰하여 몬스터 디지즈를 발병시켰고 트윈헤드 트롤 웨이브를 넘어 웨어울프 웨이브가 한국을 휩쓸었다. 어쨌든 여름이 지나자 그린 등급의 최하급 몬스터들의 출몰 횟수도 줄어들기 시작했다.

사람들도 안도의 한숨을 내쉬기 시작했다.

"이제야 좀 살겠네."

"그래도 한국이니까 이만큼 버텨냈지. 우리나라가 개떡 같긴 해도 슬레잉에 있어선 최고 수준이잖아."

"문제는 슬레잉 수준이 최고인 만큼 최고로 위험한 지역이라는 거지."

어쨌든 여름은 지났다.

한국의 3대 축복이라고 일컬어지는 ㈜소리, 한국 유니온. 그리고 플래티넘 슬레이어의 적극적인 도움 아래 여름을 어찌어찌 넘겼다.

사람들은 몬스터가 나타난 이래로, 여름이 가장 힘겨운 계절인 줄 알았다.

민서가 길드 하우스 내에 들어섰다. 걸음걸이가 몹시 빨랐다. 빠른 정도가 아니라 아예 마구 뛰었다. 민서의 얼굴은 굉장히 굳어 있었다.

저만치서 현석을 발견한 민서는 전투 필드를 펼쳤다. 전투 필드를 펼치면 속도가 빨라진다. 더 빠르게 달리기 위해서 전투 필드를 펼친 듯했다.

전투 필드의 기척을 느낀 이명훈이 잽싸게 밖으로 뛰어나왔다. 깜짝 놀랐다. 전투 필드가 펼쳐져 있고 민서가 현석에게 마구 달려들고 있지 않은가. 명훈이 외쳤다.

"미, 미친? 민서야 너 왜 그래?"

물론 민서가 현석에게 전투 필드를 펼치고 달려든다고 해서 현석에게 무슨 일이 일어나거나 하지는 않겠지만 적어도 평범한 경우는 아니었다.

현석도 당황하긴 매한가지였다. 민서가 빠르게―민서의 입장에선 빠르지만 현석의 입장에선 느리게―현석을 향해 달려들었다. 마치 공격이라도 할 것 같은 모양새로 말이다.

2층 테라스에 있던 홍세영도 민서를 발견했다. 모르겠다. 잘은 모르겠는데 민서가 현석을 공격이라도 할 것처럼 무시무시한 기세로 현석에게 달려들고 있었다. 전투 필드까지 펼쳐져 있었다. 세영은 아주 잠깐 망설이는가 싶더니 곧바로 전투 필드를 펼쳤다.

그리고 1층으로 뛰어내렸다.

*　　　*　　　*

민서와 현석은 나이 차이가 많이 난다. 무려 11살이나 난다. 그렇다 보니 그 흔한 남매싸움도 안 하면서 자라왔다. 보통은 싸운다기보다는 민서가 현석에게 혼이 났다고 표현하는 게 맞을 정도였다. 다들 하는 말로, 현석이 민서를 업어 키웠다고 하곤 했다. 하지만 지금 민서가 달려들고 있는 기세가 비장하다 못해 살벌하기까지 했다.

"오빠!"

민서는 전투 필드까지 펼치고 숨 가쁘게 달려와서 현석에게 안겼다.

안 그래도 요즘 민서는 어리광이 좀 많아졌다. 현석도 이 부분은 어느 정도 이해를 해주고 있다.

인하 길드 하우스에서 생활하게 하면서 원주 고등학교에서 서울의 목동 여고로 전학시켰다. 졸업을 앞둔 나이, 그러니까 19살 마지막 여름 방학 때 정들었던 고향 친구들과 멀어져 낯선 학교로 온 지금. 그녀는 충분히 외로울 만했고 현석은 민서의 상황을 많이 이해해 줬다.

민서는 울음을 터뜨렸다.

난데없는 울음에 하종원도 2층 테라스에서 뛰어내려 달려왔다. 물론 전투 필드를 펼친 덕분에 홍세영보다 훨씬 느렸다. 약간 과장하여 굳이 육성으로 표현해 보자면 다음과 같았다.

"무우우스으은 일이이야아?"

모두들 민서 때문에 놀라서 밖으로 나왔다.

민서는 무서웠다면서 현석을 꽉 끌어안았다. 어찌나 서럽게 우는지, 평소라면 부러워했을 평화도 부러워하지 않았다. 다만 민서가 걱정됐다.

'도대체 무슨 일일까?'

민서는 원래 어릴 적부터 귀신을 무서워했다. 그걸 알고 있는 현석은 일단 민서를 달래기라도 해야겠다는 듯.

"뭐야? 귀신이라도 본 거야?"

하고 말했다. 그러자 민서가 더욱 서럽게 울었다. 인하 길드원들은 맥이 빠져서 어깨를 축 늘어뜨렸다.

모두가 생각했다.

'귀신 때문이다!'

귀신 때문에 저렇게 험악하게 달려와 안겨서 펑펑 울고 있는 걸 보니 어린애는 어린애구나 싶었는데 알고 보니 귀신이 아니었다.

성형으로부터 다급한 전화가 걸려왔다.

─현석아, 나무 근처에 새로운 몬스터가 나타났다.

그와 동시에 사이렌 소리가 울려 퍼졌다.

몬스터가 출몰했음을 알리는 비상 사이렌이다. 뉴스 속보와 정부의 안내 방송이 쉴 새 없이 터져 나왔다. 나무 근처를 조심하라는 안내 방송이 계속해서 들려왔다.

〈충격. 서울 소재 여고생, 미라로 발견.〉
〈참혹한 살인 사건. 범인은 나무?〉

현석은 민서의 머리를 쓰다듬으면서 민서를 진정시켰다. 홍세영이 무표정한 얼굴로 길드 하우스 안으로 들어갔다가 다시 무표정한 얼굴로 밖으로 나왔다. 그리고 무뚝뚝한 표정으로 우황청심환 하나를 건넸다. 손끝이 미세하게 떨렸다.

"일단 이거라도 먹어."

현석이 우황청심환을 대신 받아들었다.

"고마워."

"너 좋아서 주는 거 아니거든. 어디까지나 민서가 놀랐으니까 주는 거야."

민서는 울음을 그쳤다. 놀랄 만도 했다. 갑자기 나무가 나뭇가지를 촉수처럼 뻗었단다. 그리고 새로 사귄 친구의 정수리에 그 촉수를 꽂아 체액을 빨아먹어 순식간에 미라처럼 만들어 버렸단다. 비록 슬레이어이긴 하지만 잔혹한 광경을 몇 번 보지 못한 민서는 너무 무서워서 마구 뛰어서 현석에게 달려왔다.

살아 있는 사람이, 그것도 친구가 변을 당했다. 갑자기 체액이 빨려 미라로 변했다. 무섭지 않을 사람은 없을 것이다.

종원이 어깨를 으쓱 했다.

"그래도 기특하게 신고는 했네."

민서가 말한 그 참혹한 광경은 CCTV에 고스란히 담겨 있었다. 웨어울프 때처럼 흐릿한 실루엣도 아니었다. 고화질 CCTV로 촬영되었는데 심지어 낮이었다. 사람 하나가 미라처럼 말라비틀어지는 데 걸린 시간은 불과 5초도 안 걸렸다.

사람을 빨아먹는 괴물. 일명 이 식인 나무는 대한민국을 공포에 떨게 만들었다. 문제는 어떤 나무가 몬스터인지 구별이 안 된다는 거다. 신기하게도 강력한 M—arm이나 강한 슬레이어가 근접해 있으면 나무인 척을 한다는데, 전투 필드를 펼친다 하더라도 구분이 안 된다고 했다.

피해가 속출했다. 매일같이 비슷한 내용의 뉴스가 전해졌다.

〈PRE—하드 모드 슬레이어 조금씩 등장. 난이도도 점점 높아지나!〉
〈한국 유니온. 이 사태의 원인 밝히지 못해.〉
〈정부과 유니온. 등산 자제 권고.〉

하지만 피해자는 계속 늘어만 갔다. 현석이 인상을 찡그렸다.

'도대체 가지 말라는데 왜 그렇게 굳이 가는 거야?'

날마다 등산객 피해가 늘어났다. 시가지에는 M—arm을 소지한 군인들이 쫙 깔렸다. 가로수들 때문이다.

강력한 M—arm. 그중에서도 화염방사기 계통의 M—arm이 근처에 있으면 아예 모습을 드러내지 않는 특성 때문에 군인들이 철통같이 경계를 서고 있는 시가지는 사정이 좀 괜찮았다.

그러나 산 속 오지까지, 모든 지역을 다 경계할 수는 없는 노릇이다. 정부에서는 대비책이 마련될 때까지 등산을 자제하고 최대한 나무 근처에는 가지 말라고 권고했다.

그럼에도 불구하고 많은 사람이 등산을 떠났고 식인 나무의 제물이 되는 경우가 생겨났다.

'산이 그렇게 좋나?'

일단 어디에 있는지 파악이 안 되니 대책 마련이 안 됐다. 평상시엔 나무와 완전히 똑같다. 그렇다고 대한민국 내의 모든 나무를 싸그리 없애 버릴 수도 없는 노릇 아닌가.

여태까지 위기를 잘 극복해 온 한국 정부와 한국 유니온이지만 이번엔 별다른 수가 없는 듯했다.

㈜소리에서 그린스톤을 활용한 몬스터 디텍터까지 만들어 봤지만 소용없었다.

그러던 차, 던전 탐색에 나섰던 명훈에게 연락이 왔다.

―현석아. 찾아냈다.

"뭘? 던전?"

―아니.

동시에 알람이 들려왔다.

[Possesion Ghost를 최초로 발견하였습니다.]

[어려운 업적으로 인정됩니다.]

Possesion Ghost. 굳이 한국말로 번역해 보자면 '빙의 유령' 정도가 되겠다.

"Possesion Ghost?"

보통 시스템에 알려주는 이름은 그 몬스터의 특성을 어느 정도 대변해 준다. 보편적인 상식선에서는 그렇다.

'유령과 나무 괴물이 도대체 무슨 상관이야?'

*   *   *

한국 유니온은 놀라운 발표를 하나 했다. 한국 유니온은 이제 식인나무를 찾아내는 방법을 알아내었으며 조만간 대대적인 소탕 작전을 펼칠 거라고 했다. 거기엔 플래티넘 슬레이어와 그가 속한 길드가 힘을 보태기로 했다.

Possesion Ghost. 현석은 하드 모드에, 그리고 인하 길드원들이 PRE—하드 모드에 들어서서 처음 보게 된 새로운 형태의 몬스터였다.

현석은 확신했다.

'난이도는… 분명 더 높아진다.'

현석은 현재 하드 모드 슬레이어다. 그리고 그가 알기로 전 세계에 하드 모드에 진입한 사람은 그 자신 밖에 없다. 아직까지 대부분의 슬레이어가 노멀 모드에 머물러 있고 슬슬 PRE—하드 모드에 진입하는 슬레이어가 생겨나고 있는 추세다. 그리고 슬레이어들의 실력이 높아지면 높아질수록 몬스터들의 난이도도 점점 높아질 거다. 그리고 그 예가 이번에 하나 나타난 거다.

눈으로 잡을 수 없는 몬스터. 이름하여 Possesion Ghost. 나무 괴물인 줄 알았는데 그게 아니란다. 단지 명훈의 탐색 스킬로 발견할 수 있다. 알려진 건 겨우 이 정도뿐이다. 얼마나 강할지, 어떤 능력을 가졌는지도 아직 모른다.

성형이 말했다.

"현석아, 너 폴리네타라고 알지?"

"네, 알아요. 아이템 강화 스토어요."

폴리네타는 이제 단순히 하나의 가게가 아닌, 전국에 체인점을 가진 대규모 업체가 됐다. '글로벌'이라고 말하기엔 민망한 수준이지만 어쨌든 그 덩치가 많이 커졌다.

"소리는 폴리네타랑 제휴를 맺을 거야."

"폴리네타랑요?"

"폴리네타의 강화 슬레이어들이 이제 스킬북을 만들어낼 수 있게 됐거든."

"뭐라구요?"

스킬북은 드롭율이 굉장히 낮다. 그래서 매우 비싼 편이다. 그런 스킬북을 인위적으로 만들어낼 수 있다면 그야말로 대박 아이템이라고 할 수 있었다.

"물론 아직 경지가 낮아서인지는 모르겠지만 제약 사항이 굉장히 많아."

완벽한 스킬북은 아니라고 했다. 일단, 없던 스킬을 만들어내지는 못한단다. 스킬을 가진 슬레이어의 스킬을 스킬북에 잠깐 불어넣는 역할이란다. 이를테면 스킬북보다는 '스크롤'에 더 가까운 형태였다.

"1회용이고 게다가 PRE—하드 모드 이상의 슬레이어만 스킬을 주입할 수 있다고 하네. 일단 이름이 스킬북이긴 한데 사실상 스크롤에 가깝다고 보는 게 맞을 거야."

"그렇… 군요."

확실히 스킬북 보다는 스크롤에 가까웠다. 상위 급 슬레이어의 스킬을 잠깐 저장시켜서 한 번 사용할 수 있는 거니까.

현석은 잠깐 아쉬운 마음이 들었다가 이내 정신을 퍼뜩 차렸다.

'비록 1회용 스킬북이기는 하지만… 명훈이의 스킬을 복사해서 사용한다면……'

현재 Possesion Ghost를 찾아낼 수 있는 건 명훈이의 탐색 스킬이 유일한 방법이다. 형태를 가지지 않은 영체. 심지어 물리 공격으로는 타격이 안 되고 '마법' 계열의 스킬을 익혔거나 '광역기'로 스플래쉬 대미지를 줄 수밖에 없다는 것이 밝혀졌다.

어쨌든 ㈜소리와 폴리네타 그리고 명훈은 제휴를 맺었다. 더 정확히 말하자면 현석도 함께였다. 이제는 어엿한, 사장님이 된 중석이 말했다.

"프, 프, 플래티넘 슬레이어 오셨다!"

폴리네타의 사장과 이사 둘. 그러니까 예전 폴리네타 3인방이 황급히 달려 나왔다.

'대박이다. M/P 차징을 받으면서 일을 할 수 있겠어!'

'능률이 3배는 더 빠르게 오를 거야.'

'플래티넘 슬레이어가 왔다!'

과장 하나도 안 보태고, 정말로 고개를 조아렸다.

시간이 흘렀다. Possession Ghost가 자주 출몰하는 지역으로 한국 유니온의 슬레이어들이 움직이기 시작했다. PRE—하드 모드 난이도의, 거의 첫 번째 변화라고 할 수 있는 슬레잉이 시작됐다. 플래티넘 슬레이어도 슬레잉에 참여한다는 소문도 들려왔다.

〈새로운 형태의 몬스터 Possesion Ghost!〉
〈PRE—하드 모드의 새로운 몬스터 슬레잉을 위해 플래티넘 슬레이어가 움직이다!〉

세계 각국의 유니온과 정부 인사들도 한국에서 시작된 변화에 집중하기 시작했다. 본격적인 PRE—하드 모드를 시작하는 신호탄이 될지도 모를 변화에 말이다.

*　　　*　　　*

며칠 전.

현석은 명훈만 데리고서 Possesion Ghost 슬레잉에 나섰다. 그는 스크롤이 필요 없다. 애초에 스크롤을 공급하는 게 현석과 명훈이다. 민서가 처음 Possesion Ghost와 맞닥뜨린 곳을 찾아갔다. Possesion Ghost 본체는 일단 형체가 없다. 눈으로는 안 보인다. 그래서 명훈이 Possesion Ghost의 정체를 발견하기 전까지는 '나무 몬스터'인 줄 알았다. 민서도 그렇게 생각했었고.

늦은 밤. 새벽 3시. 목동의 한 거리.

거리가 통제되고 사이렌이 울렸다. 사람들의 숫자가 그렇게 많지는 않았지만 모두 대피소로 대피했다.

현석이 전투 필드를 펼침과 동시에 명훈이 스킬명을 말했다.

"탐색."

그리고 이어서 다시 말했다.

"트레이스."

거기까지 들은 현석이 M/P 차징을 활용해 명훈의 M/P를 채워줬다. 탐색에 이어 트레이스까지 같이 쓰면 명훈의 M/P에도 약간 무리가 가니까. 다시 말해, 명훈이 스킬명을 말하는 건 'M/P 채워줘!'라는 말을 하지 않기 위함이라고 해도 과언이 아니었다.

Possesion Ghost의 본체를 잡았다. 흐릿한 형태. 푸르스름한 색깔을 가진 몬스터였다. 전투 필드를 공유하고 있는 현석의 눈에도 똑똑히 보였다.

"명훈이 너는 내 뒤에 붙어 있어."

몬스터가 무슨 능력을 가졌는지 아무도 모른다. 현석도 처음 보는 몬스터다 보니 긴장할 수밖에 없었다. 안전을 지향하던 현석이 먼저 나서서 슬레잉을 하고 있다는 것만으로도 이미 놀라운 일이라고 할 수 있었다.

"안 그래도 네 뒤에 숨을 건데?"

그리고 현석은 윈드 커터를 사용했다. 명훈이 눈을 꿈뻑 거렸다.

"어, 어라?"

새로이 나타나는 몬스터는 기존의 몬스터보다 강하다는 그 법칙이 깨졌다. 현석의 윈드 커터는 분명 강하긴 하다. 옐로우 등급이며 최상급이다. 그리고 사용하는 사람이 현석이다.

당연히 강한 게 맞긴 맞다. 그런데 한 방에 그냥 죽었다. 여러 번 난사한 것도 아니고 그냥 한 번에 죽었다. 업적으로 인정됐다.

[Possesion Ghost를 최초로 사냥했습니다.]

[아주 쉬운 업적으로 인정됩니다.]

[아주 쉬운 업적 달성으로 인한 보너스 스탯 +1이 주어집니다.]

현석에게는 또 알림음이 들렸다.

[PRE—하드 규격을 초과한 스탯으로 인한 페널티로 50퍼센트만큼 차감되어 지급됩니다.]

Possesion Ghost를 발견한 것은 어려운 업적으로 인정됐는데 처치한 건 아주 쉬운 업적으로 인정됐다. 슬레잉보다도 발견 자체에 더 큰 업적이 부여됐다.

명훈이 고개를 갸웃했다.

"이래서야 얼마나 센지 모르잖아?"

윈드 커터 한 방에 죽었지만 사용하는 사람이 현석이다 보니 어느 정도의 H/P를 가졌고 또 어떤 특수 능력이 있는지 파악하기가 힘들어졌다. 그래서 명훈과 현석은 Possesion Ghost를 찾아 돌아다녔다. 그리고 결과를 얻었다.

Possesion Ghost는 매우 약한 개체였다. 그냥 약한 것도 아니고 매우 약했다. 현석이 상대해서 그런 게 아니라 정말로 약했다.

현석이 말했다.

"일반적인 능력으로 발견할 수 없고 때릴 수 없는 대신, 본체 본연의 능력 자체는 오크보다도 약해요."

성형은 그 정보에 굉장히 고마워했다. 알면 상대할 수 있는데 모르면 아예 상대가 불가능한 개체가 아닌가.

"고맙다. 네가 또 큰일 해주네."

"혹시 업적이나 줄까 해서 겸사겸사였죠. 민서도 많이 놀랐고. 그런데 몬스터에 대한 특성 연구가 계속 진행되고 있다면서요?"

"그래. 우리뿐만 아니라 전 세계에서 연구를 계속하고 있지."

여태까지 밝혀진 사실—혹은 사실에 근접한—것들이 몇 가지 있다.

몬스터의 실드가 현대 무기에 대한 큰 내성을 가지고 있다는 것이나 현대 무기로 몬스터를 죽이면 언젠가는 리젠된다는 것. 화이트 등급 이후 그린 등급, 그 다음이 옐로우 등급이라거나. 그 외에도 여러 가지가 있지만 어쨌든 몬스터가 나타나기 이전에는 알 수 없었던 사실들은 분명히 존재했다.

성형이 말했다.

"특정 아이템을 드롭하면 사라지는 몬스터도 있다는 보고도 있어."

"중국에서 들은 얘기도 그렇고. 우리가 미처 파악하지 못한 것들이 많네요."

중국에서는 실드 스킬북을 어떻게 얻을 수 있었는지를 들었다. 특정 클래스를 가진 슬레이어가 타 슬레이어를 죽이면, 다시 말해 살인을 하면 얻을 수 있다고 했다. 그런 것 외에도 역시 풀지 못한 비밀들은 많았다.

"분명 한국은 이상 현상의 첫 출발지이고 강한 몬스터들이 가장 먼저 나타나는 곳이야."

현석이 말을 받았다.

"…하지만 모든 몬스터에게 적용되는 법칙이 아니었죠."

"그래. 법칙인 줄 알았던 그게 틀렸다는 걸 최근에야 알게 됐지."

원래 현석도 몰랐던 사실이다. 하지만 이번에 장위평을 통해, 세상이 잘 모르는 두 가지 비밀. 실드 스킬북을 얻는 방법과 특정 지역에서만 나타나는 특이한 몬스터들에 관하여 알 수 있었다.

특정 지역의 특정 몬스터가 특정 아이템을 드롭하면 멸종된다는 사실도 아는 사람이 거의 없다. 현석도 장위평이 말해 주지 않았다면 몰랐을 거다.

'뿐만 아니라 한, 중, 미, 일에만 이상 현상이 발생하고 있는 이유도 밝혀지지 않았지.'

따지고 보면 모르는 것투성이다. 그런데 사실 그런 것들은 현석에게 크게 중요하지 않았다. 적어도 지금 이 순간은 말이다.

지금 이 순간, 현석에게 정말 중요한 건 따로 있었다. 그걸 성형이 짚었다.

"생각해 보면… 좀 이상해."

"뭐가요?"

"싸이클롭스가 가장 먼저 출몰했던 곳이 어디였지?"

싸이클롭스는 경기도 화음산에 가장 먼저 나타났었다. 그리고 얼마간 싸이클롭스에게 아무도 접근하지 않자, 그 다음에는.

"화음산. 그리고 그 이후에는 원주에 나타났었죠."

그 다음은 원주에서 나타났었다. 때문에 민서도 지하 강당으로 피신했었다. 성형이 또 말했다.

"그리고 웨어울프는?"

"CCTV로 목격된 것을 제외하면 응암동 소재의 백련산에서 가장 먼저 발견 됐죠."

성형이 뜸을 들였다. 그리고 말했다.

"거기… 예전에 너희 초창기의 인하 길드가 던전을 클리어했던 곳 맞지?"

그랬다. 백련산.

최초의 던전이 나타났던 곳이라 갑자기 유명해진 그곳은 인하 길드에 의해 클리어됐던 곳이기도 했다. 성형이 또 뜸을 들였다. 현석은 닦달하지 않고 차분히 기다렸다. 한참의 시간이 지났을 때 성형이 다시 입을 열었다.

"현석아, 내 말 오해하지 말고 들어."

"예."

"자이언트 터틀은 경인고속도로에서 가장 먼저 나타났어."

"알고 있어요."

무슨 말을 하려는 건지 모르겠는데 성형은 굉장히 말을 아끼며 어려운 기색을 표했다.

현석도 어렴풋이 뭘 말하려는 건지 알 것 같았다. 그러나 일부러 말하지 않고 기다렸다.

성형은 뜸을 들이다가 말했다.

"그 며칠 전에 원주 고등학교에서 인천 쪽으로 여행을 갔던 기록이 있더라. 그래서 조사해 봤는데……."

"민서가 탄 차량이 경인고속도로를 지났다고요?"

"그래."

현석이 피식 웃었다. 그리고 말을 이었다.

"그리고 Possesion Ghost를 가장 먼저 발견한 사람이 민서였고요?"

물론 Possesion Ghost의 본체를 발견한 건 민서가 아니었다. 다만, Possesion Ghost가 나무에 빙의했고 그 나무가 민서의 친구를 공격했다.

성형이 고개를 끄덕였다.

"그래. 뭔가 좀 이상하지 않아?"

"글쎄요."

여기까지는 모두 우연이라고 해도 좋았다. 억지로 끼워 맞춘다고 말해도 할 말이 없을 정도니까. 하지만.

성형이 말했다.

"Possesion Ghost는 강한 슬레이어가 옆에 있으면 모습을 나타내지 않아. 그런데 어째서 Possesion Ghost는 민서가 옆에 있음에도 불구하고 사람을 공격했을까?"

"너무 깊게 생각하시는 것 같네요. 형한테 이런 말씀 드리기는 좀 그런데 솔직히 좀 억지로 끼워맞추는 느낌이 강해요."

"…역시 그렇겠지?"

현석이 어깨를 으쓱했다.

"물론… 아예 일리가 없는 말은 아니라고 생각해요. 하지만 민서는 보조 슬레이어고 전투 능력은 일반 슬레이어들보다도 훨씬 약해요. 그래서 모습을 드러냈겠죠."

현석도 물론 안다.

완전히 우연이라고 치부하기엔 약간 찝찝한 구석이 있다. 그러나 딱 거기까지다. 그냥 우연이라고 하기에는 아주 조금 찝찝한 정도. 그리고 그럴 리는 없겠지만 만약에라도 정말 그 말이 사실이라고 해도 현석은 민서의 오빠다.

혹시라도 이 말이 잘못 퍼지면 '민서가 몬스터를 부른다'라는 말도 안 되는 소문이 생길 수도 있다. 그런 소문이 퍼지는 걸 절대 좌시할 수 없다.

제3자가 아닌 민서의 오빠로서 그는 이런 오해의 소지가 생기는 것조차도 달갑지 않다.

성형이 고개를 끄덕였다. 더 이상 깊게 언급하지는 않았다.

"그래. 그럴 가능성이 높아. 미안하다. 괜한 말을 했나 보다."

CHAPTER 8

　Possesion Ghost. 탐색 스킬로만 발견이 가능한 유령 형태의 몬스터.

　본격적인 PRE—하드 모드의 시작이 되는 새로운 개체. 딱 여기까지만 알려졌다.

　"그런데 그놈을 어떻게 잡는대?"

　"전투 필드를 공유한 다음 탐색 스킬을 사용해서 탐색한 다음 마법 스킬로 공격한대. 그 왜… PRE—하드 모드 슬레이어들이 늘어나면서 메이지들도 조금씩 생겨나고 있다잖아."

　재미있는 건 한국에 유독 바람 계열의 슬레이어가 많이 생겨나고 있다는 거다.

플래티넘 슬레이어가 바람 계열 스킬을 익히고 있다는 소문 때문이었다. 물론 확인할 길은 없었지만.

"근데 왜 꼭 마법 스킬로 공격해?"

"물리 공격이 통하지 않을 가능성이 엄청 높대."

"그게 아니라 그냥 폴리네타랑 유니온이 돈 벌려고 마법 스크롤 뿌리는 거 아니고?"

음모론도 있었다. 폴리네타를 키워주기 위한 유니온이 Possesion Ghost를 잡기 위한 방도로 마법을 제시했다는 거다. 그렇게 해서 폴리네타를 키워준다고 주장하는 사람들도 있었다. 그러나 그런 건 보통 일반 사람들이 하는 얘기고 슬레이어들은 유니온의 말을 믿었다.

스크롤도 많이 준비했다. 메이지가 포함된 길드는 만세를 불렀다.

유니온의 발표는 사실이었다.

많은 슬레이어가 Possesion Ghost 슬레잉에 성공했다.

예상외로 Possesion Ghost는 굉장히 약했다. 일단 발견만 하면 처리하는 게 어렵지 않았다. 게다가 옐로우스톤을 드롭하는 개체였다. 슬레이어들은 안도의 한숨을 내쉬었다.

"생각보다 진짜 약하네. 옐로우스톤을 드롭하는데……."

"아니지. 탐색 스킬과 마법 스킬 없으면 아예 잡지도 못하는 개체잖아. 우린 그걸 갖고 있으니 쉽게 잡았던 거고."

처음의 요란한 등장.

사람을 미라로 만들어 버리는 그 충격적인 등장과는 별개로 Possesion Ghost는 인하 길드와 폴리네타, 유니온의 합작을 통해 쉽사리 퇴치할 수 있었다.

그렇게 PRE—하드 모드는 안전하게(?) 지나가는 줄 알았다. 시간이 좀 더 흘렀다. 훗날 사람들이 일컬어 '제1차 평화 기간' 혹은 '제1차 평화기'라고 부르게 될 시기의 마지막 계절. 겨울이 됐다.

그리고 1차 평화 기간의 마지막 날이라고 평가될 1월 13일 다가왔다.

*   *   *

PRE—하드 모드에 접어드는 슬레이어들이 많아지고는 있지만 난이도 자체는 크게 높아지지는 않았다. 훗날 이 PRE—하드 기간을 일컬어 사람들은 '제1차 평화기'라고 부르게 되는데, 이 기간 내에 특별한 일이 아예 없었던 건 아니다.

가을에는 정부의 예측대로 그런 등급의 메뚜기 몬스터들이 나타나게 됐다. 그러나 그것들에 미리 대비하고 있던 정부는 잘 대처한 덕분에 쉽게 넘어갔다.

한국 유니온의 위상도 더욱 높아진 건 두말할 필요도 없다. 거기에 Possesion Ghost도 잘 처리했다. 발견하지 못하면 모를까, 일단 발견하고 나면 공략이 쉬운 대상이다.

슬레이어들도 눈에 불을 켜고 찾았다. 운이 좋아 몬스터스톤이 드롭되면 3억 이상을 챙길 수 있었으니까.

당연히 플래티넘 슬레이어의 이름은 끝을 모르고 계속해서 높아졌다.

사실상 플래티넘 슬레이어가 없었으면 여름과 가을을 이렇게 무난하게 넘길 수는 없었을 테니까.

그리고 겨울이 됐다. 훗날 '제1차 평화기'라고 불릴 PRE—하드 모드의 구간이 막바지에 이르렀다.

1월 14일. 제 1차 평화기가 막바지에 이르렀음을 알리는 사건이 발생했다.

*　　　　*　　　　*

㈜소리에서는 현석에게 몬스터스톤을 공급받는다. 그리고 그 몬스터스톤은 소리와 제휴를 맺은 글록사로 흘러들어가 M—arm을 만드는데 소비된다.

예전에 그린스톤의 가격이 폭등했을 때에 소리는 현석으로부터 그린스톤을 10억에 사들였다. 당시 미국 유니온이 20억에 그린스톤을 사재기 했던 것을 감안하면 싼 값이라고 할 수도 있기는 있었으나 어쨌든 원래의 가격. 그러니까 1억 5천만 원보다는 훨씬 더 비싼 가격이었다.

성형이 말했다.

"소리에서 구입한 그린스톤의 숫자가 총 67,233개였고 우리가 제시한 가격과 네가 제시한 가격의 차이가 8억 5천이었으니 약 57조원 정도 돼."

그리고 성형은 미묘한 기대가 담긴 눈으로 현석을 쳐다봤다.

그 눈빛을 굳이 문자로 표현해 보자면 '놀랍지? 어서 놀랍다고 해. 놀라움을 표현해 봐!' 정도가 되겠다. 현석이 입을 열 때까지 성형은 현석의 입을 주목했다.

"아, 그래요?"

사실 현석은 그거 잊고 있었다. 57조원은 정말 엄청난 돈이다. '억'단위도 아니고 무려 '조'단위다. 이 돈이 상상을 초월하는 금액이라는 건 두말할 필요도 없다.

성형은 김이 빠졌다. 허허, 웃고 말았다.

"그 엄청난 돈을 갖고 있다고 말하는데 반응이 영 별로다? 적어도 좀 놀랄 줄 알았는데."

"그런데 얼마 지나지 않아서 그린스톤 가격이 정상화됐잖아요. 한 2억인가로 시세가 떨어진 것 같던데."

현석의 말이 맞았다.

초기에 그린 등급의 최하급 몬스터들이 폭풍을 일으키며 전 세계를 휩쓸었을 때, 그린스톤은 수십억을 호가하는 엄청나게 귀한 물품이 되었었다. 그러나 ㈜소리가 글록과 제휴하여 M—arm을 공급하기 시작하자 시세는 조금씩 안정되어 대략 2억 선으로 돌아오게 됐다.

"그걸 감안하여 계산해도 12조 정도 되는 돈이야."

"그럼 12조로 하세요."

성형은 현석을 물끄러미 쳐다봤다. 현석이 피식 웃었다.

"왜요?"

"너 12조나 50조나 어차피 상관없다고 생각하고 있지?"

좀 뜨끔했다.

현석은 그린스톤 약 6만 개를 팔아 약 9조원 정도를 수령했다. 그런데 그 돈을 어디 딴데다 쓴 적은 없다. 애초에 물질욕이나 명예욕 자체가 그렇게 큰 게 아니다 보니 기껏해야 1억원짜리 싸구려(?) 자동차 하나 사고 겨우 200억(?) 정도 들여서 길드 하우스 하나를 만들었을 뿐이다.

벌이에 비해 씀씀이가 소박할 수밖에 없는 것이 또, 어지간한 건 눈치만 주면 저절로 굴러들어와서 그렇다. 이동 수단이 좀 불편한가 싶자 미국에서 초음속 여객기 S—512와 럭셔리 전용기 BBJ를 선물해 줬다.

저번엔 일본 유니온에서 스페셜 슬레이어에게 경의의 표시로 옷들을 선물해 줬다. 그냥 옷이 아니고 한 벌 한 벌에 몇 백, 혹은 몇 천만 원을 호가하는 엄청난 옷들이다. 그게 지금 다 현석의 길드 하우스 내 장롱 어딘가에 대충 들어가 있다.

그리고 이제 전 세계로 성세를 확장시켜 나가고 있는 폴리네타에서는 현석에게 감사의 표시로 람보르기니 베네노—시가 40억의 람보르기니 한정 수량 모델—를 선물해 줬다.

폴리네타는 아이템 강화와 더불어 Possesion Ghost를 잡을 수 있는 명훈의 탐색 스킬과 현석의 윈드 커터 스킬 스크롤을 만들어 팔면서 폭발적으로 성장하게 됐다.

당연히 그 성장의 원동력은 플래티넘 슬레이어였고 그들은 현석에게 어떻게든 잘 보이려 애썼다.

어쨌든, 현석이 그나마 욕심내는 거라곤 길드원들을 강화시킬 수 있는 아이템이었는데 그건 한국 유니온에서 알아서 처리해 줬다.

결정적으로 중국 유니온의 장위펑이 이것저것 다 구해다 줬다. 시킨 것도 아닌데 말이다.

현석이 대충 뭘 갖고 싶다, 라고 생각을 하면 그 대충은 곧 구체화가 되어 현물로 나타나는 기적들이 일어나고 있는 중이다. 정작 본인은 잘 인지 못하고 있지만.

"아무리 생각해도 소리가 보관 중인 네 돈을, 너는 쓸 생각이 없는 것 같아서 그걸로 투자를 좀 할까해. 물론 너만 허락해 준다면 말이야."

"투자요?"

"글록사를 인수할 거야."

현재 ㈜소리는 세계에서도 톱 클래스의 성장률을 보이고 있다.

스마트 도감으로 시작해 몬스터 디텍터와 기여도 측정기를 만들어 팔았다. 게다가 글록과 제휴를 맺어 M−arm을 팔았는데 '노마진 정책'으로 인해 전 세계적 마케팅에 성공했다.

심지어 플래티넘 슬레이어로부터 몬스터스톤을 안정적으로 공급받을 수 있는 업체였고 전 세계에 M−arm을 수출하는 글로벌 대기업이 됐다.

"물론 당장은 힘들겠지만… 여기에 그 자본을 좀 사용하면 좋겠어. 그리고 너쯤 되면 대표이사 자리 하나 맡아야지. 당연히 일은 안 시켜. 그냥 이름만 올려놓을게."

눈치만 주면 이런저런 것들이 저절로 생겼는데 이제 조금 있으면 글로벌 대기업의 대표이사 자리까지 생길 것 같다.

그냥 글로벌 대기업도 아니고 무려 글록사다. 그런데 현석은 머리를 긁적거렸다.

보통 사람이라면 심장마비가 걸릴 정도로 놀랄 일이겠지만 현석은 그냥 그러려니 했다. 이번에야말로 조금은 놀라겠지 싶었던 성형은 이제 포기했다. 기가 찬다는 듯 말했다.

"조금은 놀랄 줄 알았는데."

현석도 거기에 나름 부응해줬다. 그래도 형 아닌가.

"아, 깜짝이야. 정말 엄청난 선물이군요. 아주 놀랐습니다."

"……"

성형을 두 번 죽였다.

참고로 현석은 연기를 엄청 못한다. 플래티넘 슬레이어라고 연기까지 잘하는 건 아니었으니까. 이 외에도 이런저런 얘기를 나누다가 현석이 문득 생각난 듯 말했다.

"그러고 보니 형님 부산 사투리 완전히 고쳤네요? 쉽지 않다던데? 말투만 보면 꼭 다른 사람 같아요."

원래 성형은 부산 사투리를 썼다. 억양이 굉장히 강한 편이었다.

그런데 오늘 보니 부산 사투리 대신 표준어를 완벽하게 구사하고 있었다.

성형이 말했다.

"응, 어떻게든 고쳤다."

여러 가지 얘기를 나눴다. 저녁 메뉴로 회를 먹을까 고기를 먹을까, 일반인들도 매일 할 법한 일상적인 대화를 조금 나누다가 현석은 길드 하우스로 돌아왔다.

민서에게 전화를 걸었다. 민서는 전화를 받지 않았다. 대신 카톡 메시지가 하나 도착해 있었다. 잘 도착했고 이제 핸드폰

놓고 열심히 놀고 있을 테니까 걱정하지 말라는 메시지였다. 기분이 많이 좋은 건지 하트도 잔뜩 붙어 있었다.

*   *   *

민서는 고등학교 3학년이다. 나이는 이제 20살. 조금 있으면 졸업이다.

지금은 겨울방학. 민서는 고등학생의 마지막 방학을 맞이하여 원주고 때 친구들과 함께 스키장에 놀러갔다.

무려 3박 4일 일정이었다. 마지막 방학이고, 서울로 올라와 많이 외로워했던 걸 알고 있던 현석이라 외박을 허락해 줬다.

참고로 콘도 예약은 현석이 알아서 해줬다. 더 정확히 말하자면 ㈜소리에서 공짜로 제공해 줬다. 밤이 됐다. 민서는 신이 났다. 오랜만에 친구들을 만나서 기분도 좋고 스키 실력도 점점 늘어서 재미있었다.

민서와 친구들은 야간 스키를 타기 시작했다. 리프트에 앉았다. 선미가 한 곳을 가리켰다.

"민서야."

"응?"

"너 봤어?"

"뭘?"

"아니… 분명히 저기 사람이 있었던 거 같은데."

민서의 얼굴이 핼쑥하게 질렸다. 그녀는 아직도 귀신이 많이 무섭다.

"노, 노, 노, 놀리지 마! 귀, 귀신 같은 거 하, 한 개도 아, 안 무섭다 나는! 나, 나는 부자니까!"

민서는 용돈으로 40만 원을 받아서 이곳에 놀러왔다.

다시 말해, 무려 40만 원이나 가진 부자다. 아니, 아까 4만 원 써서 이제 36만 원을 가진 부자다. 부자인 것과 귀신이 무서운 것과 무슨 상관이 있냐면서 선미는 깔깔대고 웃었다.

"근데 눈은 왜 감아?"

"내, 내가 눈 감았어? 바, 바람이 너무 세서 그랬어."

차가운 바람이 불어왔다.

"너 고글 꼈는데?"

민서는 할 말을 잃었다.

강원도의 겨울 밤바람은 굉장히 차가웠다. 선미가 다시 목소리를 깔고 말했다.

"스키타고 내려가던 사람이 갑자기 사라져 버렸어."

"그, 그, 그러지 말라고! 하, 한 개도 안 무서우니까!"

민서가 새파랗게 질리자 다들 킥킥대고 웃었다.

심각하게 생각하지 않았다.

잘못 봤을 거라고 생각했다. 모두 스키를 타기 시작했다.

＊   ＊   ＊

새벽 1시.

이제 스키를 타는 것도 힘들다.

어차피 내일 또 타면 되니까 이쯤 탈까 하고서, 민서와 친구들은 정상에 마련된 라운지에서 우동을 먹었다.

안내 방송이 들려왔다. 사람을 찾는 안내 방송이 오늘따라 좀 잦았다.

"오늘따라 사람 찾는 안내 방송이 많이 나오네."

"그러게."

계속해서 사람을 찾는 안내 방송이 나오는데 사실 누구나 그렇듯 대충 흘려들었다.

어느 정도 쉬고 나서 모두 일어섰다.

"이제 내려가자."

오늘은 힘들어서 못 타겠다며 이것만 타고 콘도로 가기로 했다.

시간이 흘렀다.

"이상하네. 민서 왜 안 내려와?"

"걔 아까 위에서 한 번 구르더라."

"민서가 좀 못 타긴 하지."

모두 낄낄대고 웃었다.

민서는 분명 대한민국의 전체 인구 중 1퍼센트도 안 된다는 슬레이어이며 그중에서도 최상위 급의 실력을 지닌 보조 슬레이어였지만—물론 친구들은 민서가 그렇게 대단한 슬레이어인 줄은 잘 모른다—스키 실력은 그렇게 뛰어나지 못했다.

친구들은 민서 덕분에 슬레이어라고 해도 부자가 아닐 수 있다는 사실과 스키를 잘 못 탈 수도 있다는 걸 알게 됐다. 그리고 친구들에게 있어서 민서는 슬레이어가 아니라 민서였다. 한참이나 낄낄대고 웃어댔다.

시간이 더 흘렀다.

"에이, 진짜. 민서 버리고 가자."

"숙소 키가 민서한테 있을걸?"

다들 어쩔 수 없네, 하고 아래에서 기다렸다.

시간이 더 흘렀다.

"뭐야? 무슨 일 있는 거 아니야?"

안내 방송까지 하고 시간이 더 흘렀지만 민서는 결국 내려오지 않았다.

CHAPTER 9

한국 유니온은 난리가 났다. 한국 정부도 난리가 났다.

현석은 생애 최초로 민서의 외박을 허락해 줬다. 그것 때문인지는 몰라도 현석은 한참이나 뒤척거리며 잠을 못 잤다. 그런데 새벽 1시가 좀 넘어서 유니온을 통해 현석에게 연락이 닿았다.

누군가가 유니온에 연락을 넣었단다. 그 전화 한 통에 현석은 정신이 번쩍 들었다.

새벽 1시, 유니온이 분주해졌다. 성형이 다급히 말했다.

"지금 당장 경찰에 연락해서 가용 가능한 모든 수단 다 동원하도록 해. 슬레이어들한테도 공문 돌리고."

단잠을 자고 있던 슬레이어들도 전부 깼다.

"유니온으로부터 긴급 지시 떨어졌어. 현상금 100억 걸고 실종자 찾는대."

"실종자를 찾는데 100억이나 걸었어? 게다가 유니온이 직접?"

이런 경우는 예전에 인하 길드원들이 실종되었을 때 밖에 없었다.

"몬스터에 의해서 납치가 이뤄졌나 봐."

"무슨 말도 안 되는 소리야? 몬스터가 뭔 놈의 납치를 해? 죽이면 모를까."

"몰라. 이유가 뭔 상관이야? 일단 100억 걸렸어. 빨리 준비하자고. 이번 사건에 관한 한 M—arm도 무상으로 지급해 준다니까."

청와대에서 대통령 김근회의 특별 지시가 내려왔다. 그것도 새벽 1시에 말이다. 경과 군이 움직이기 시작했다. 특전사들도 수색에 투입됐다.

"도대체 무슨 일이야?"

"VVIP 실종 사건입니다. 몬스터에 의한 납치라고 예상됩니다."

"말도 안 되는 소리! 몬스터가 인간을 납치한다고? 여태껏 그런 경우가 한 번이라도 있었나?"

"없었습니다. 하지만 유니온에서 직접 그 가능성을 언급했습니다. 한 슬레이어에 의한 제보랍니다. 한국 유니온 측에서 M—arm을 무상으로 제공하겠다고 밝혔습니다."

새벽 1시 30분.

한국의 슬레이어들과 군, 경이 동시에 움직였다.

현석이 전화를 받은 지 겨우 20분도 안 되어 모든 일이 이루어졌다. 민서가 납치된 것 같다는 제보에 대한민국이 움직였다.

그리고 람보르기니 베네노가 엄청난 속도로 강원도를 향해 질주했다.

*   *   *

부와와아아앙—!!!

새벽 1시.

거대한 엔진음이 새벽의 고요함을 깨부쉈다.

사람들은 무척이나 많이 놀랐다. 경찰들이 따라 붙었다. '속도 줄이세요!'라는 경찰의 메가폰음이 닿기도 전에, 베네노는 총알처럼 멀어졌다.

"경사님. 저거 어떡합니까?"

"뭘 어떡해? 보고 올리고 얼른 쫓아!"

쫓긴 쫓았다. 저렇게 지나친 과속은 탑승자뿐만 아니라 시민까지도 위협한다. 지금 시간이 새벽 1시가 넘은지라 주위에 차가 없다. 그걸 믿고 저렇게 과속하는 거다.

"저 차 오너는 도대체 어떤 새끼야? 완전히 미친 또라이네."

경찰차. 차종을 군이 분류해서 말하자면 아반떼가 열심히 쫓았다. 삐용삐용— 사이렌 소리는 람보르기니의 엔진음이 묻혀 버렸다.

"고속도로로 들어가는데요?"

여기까지만 쫓아왔어도 이건 엄청난 거다. 시내 주행이긴 하지만 아반떼로 람보르기니를 쫓아왔다. 그 스스로가 생각해도 이건 상을 줘야 된다.

"쫓을까요?"

"미쳤냐? 이걸로 저걸 어떻게 잡냐? 그리고 이제 우리 관할도 아냐."

이 잠깐 몇 마디 나누는 사이에 베네노는 요란한 엔진음을 토해내며 멀어져 버렸다.

시내 주행에서도 간신히 겨우겨우 따라붙었는데 고속도로에서는 절대 못 잡는다. 심지어 지금 차들도 별로 없다.

"하긴, 그것도 그렇죠? 그런데 미친 차량 보고 올린 지 한참 됐는데 반응이 없네요."

"나 참 어이가 없네. 저딴 새끼는 벌금으로 안 돼. 콩밥 좀 먹여야지. 무슨 백 믿고 저렇게 질주를 해? 지가 무슨 플래티 넘 슬레이어라도 돼?"

"플래티넘 슬레이어면 저런 식으로 달릴 리가 없죠. 그분은 시민들의 안전을 위해 자기 자신을 희생할 정도로 훌륭한 사 람 아닙니까?"

애석하게도 현석은 그런 사람 아니다. 시민들의 안전을 위해 자기 자신을 버리는 살신성인의 슈퍼 히어로는 오해다. 베네노 안에 탄 사람은 현석이 맞다. 옆에서 명훈은 벌벌 떨었다.

"야, 야, 야, 혀, 현석아. 조, 조, 조금만 천천히 가면 아, 안 되겠냐?"

엄살인지 진짜 무서운 건지 이명훈의 얼굴이 새파랗게 질 렸다.

"야, 이 나쁜 놈아, 너는 사고 나도 안 죽지만 나는 죽는다 고! 엄마 보고 싶다!"

시속 300㎞다. 지금은 300인데 점점 더 올라가고 있다. 시 속 100㎞ 이상으로 달리고 있을 것이 분명한 택시를 순식간 에 따라잡고 또 제쳐 버렸다. 총알택시의 자존심을 사정없이 구겨 버렸다.

부와아앙!!

폭발할 것만 같은 거대한 엔진음이 고속도로를 강하게 때렸다.

*   *   *

민서는 겁에 질렸다.

어디서 갑자기 나타난 건지도 모르겠다. 갑자기 뭔가가 자신을 낚아채는 듯한 기분이 들었다.

인간 형태와 비슷한 무언가에게 납치됐다.

몬스터였다. 사실 민서는 몬스터들을 많이 접해왔다. 그녀는 비록 보조 슬레이어이기는 하지만 그래도 인하 길드원이다. 지성 스탯이 100이 넘는다.

키는 약 2미터 가량. 길고 두꺼운 하얀 털로 온몸이 덮여 있었고 발이 비정상적으로 크고 두꺼웠다.

하얀 털 때문에 얼굴이 안 보였다. 다만 기다랗게 흘러내린 하얀 털 사이로 노란색 눈동자가 번쩍거렸다.

전체적으로 두 팔과 두 다리가 있지만 전체적으로 살펴보면 흰 털로 둘러싸여 있는, 계란형에 가까운 둥그스름한 몸체를 가지고 있었다.

민서는 허우적거렸다.

"저, 저, 저리가!"

민서가 놀란 건 몬스터 때문만은 아니었다.

몬스터라면 이미 지겹게 많이 봤다. 그 무섭다는 자이언트 터틀도 6마리나 테이밍하고 있다.

그러나 지금은 머릿속이 새하얗게 변해 버렸다. 몬스터가 내미는 끔찍한 것 때문이었다.

몬스터의 손에는 피가 뚝뚝 흘러내리는 사람의 팔이 들려 있었다.

저만치 한쪽 구석에는 남자로 짐작되는 시체가 놓여 있었다.

바닥은 피 범벅.

팔다리가 완전히 찢겨져 있었다. 더 끔찍한 건 머리가 형체를 알아볼 수 없을 만큼 뭉개져 있었는데 눈동자가 터지기라도 한 건지 검은 물과 흰 물, 그리고 핏물이 뒤섞여 누군가 토사를 해놓은 것 같았다.

크룽? 특유의 이상한 소리를 내면서 몬스터는 고개를 갸웃했다.

그러더니 민서를 지나쳐 걸어갔다가 눈 속에 파묻어 놓았던, 지금의 시체인 남자의 것이라 짐작되는 다리 한 짝을 민서에게 건넸다. 마치 이거 싫으면 이거 먹을래? 하고 건네는 것 같았다.

민서는 침을 꿀꺽 삼켰다.

'침착하자, 침착하자, 침착하자.'

일반적인 고등학생이라면 지금 이 상황에서 기절했을 지도 모른다. 그나마 민서쯤 되니까 이렇게 정신을 붙잡고 있는 거다.

한쪽 구석엔 피범벅이 된 남자의 시체가, 또 한쪽 구석엔 여자 두 명이 벌벌 떨며 민서 쪽을 보고 있었다. 또 다른 한 명은 기절한 상태고. 죽은 사람은 남자밖에 없는 듯했다.

민서가 자꾸만 거부하자 몬스터는 화가 난 듯 발을 들어 바닥을 쿵 내리 찧었다.

이곳은 아무래도 동굴 비슷한 어떤 어두운 곳이었는데, 발광원이 없음에도 불구하고 어느 정도 밝기를 유지하고 있었다.

평범한 동굴은 아니었다. 아주 잠깐 이상한 기분이 들었는데 정신을 차리고 보니 이곳이다. 던전은 아닌 것 같고 그것과 비슷한 형태의 어떤 특수한 공간인 것 같았다.

'바, 방법을 찾아야 해.'

크르릉!

몬스터는 얼마간 씩씩대다가 구석에서 벌벌 떨고 있는 여자에게 가까이 걸어갔다. 여자는 비명을 지르고 악을 쓰다가 이내 혼절해 버렸다. 몬스터는 여자의 옷을 마구 찢어냈다. 실수인지는 몰라도 그 와중에 팔도 같이 뜯겨 나갔다.

완력이 트롤보다도 훨씬 강한 것 같았다.

완전히 뜯겨 나간 것도 아니고 반쯤만 찢어진 어깨에서 피가 터져 나왔다. 어쨌든 몬스터는 여자를 알몸으로 만들었고 이내 평범한 사람들은 상상조차 하지 못했던 일을 벌였다.

기다랗게 흘러내린 하얀 털 사이로 무언가 커다란 것이 솟아나왔다.

마치 남성의 성기가 발기된 것처럼 말이다. 그리고 몬스터는 혼절한 여자를 강제로 유린하기 시작했다.

인간의 그것에 비하여 너무 크기가 크고 두꺼운지라 여자의 생식기도 상처가 났는지 피가 흐르기 시작했다. 몬스터는 흥분하기라도 한 듯 몸을 점점 더 빨리 움직였고 이내 여자의 목을 졸랐다.

"꺄아악!"

비명 소리가 터져 나왔다.

몬스터의 힘이 얼마나 센지 여자의 목이, 압축기로 압축한 것처럼 쪼그라들었다.

민서는 뚝, 끊어진다는 느낌을 받았다. 그리고 방금까지 강제로 유린당하던 몸에서 피가 분수처럼 쏟아져 나왔다.

몬스터는 숨을 헐떡거렸다.

고의는 아닌 것 같았다.

힘이 너무 세다 보니 저도 모르게 여자를 죽인 듯했다.

몬스터는 여자의 얼굴을 툭툭 건드려 봤다. 죽은 것을 깨달았는지 벌떡 일어섰다. 그리고 민서 쪽을 쳐다봤다. 민서는 뒷걸음질 쳤다. 몬스터의 노란 눈동자 두 개가 번뜩거렸다. '말을 듣지 않으면 너도 이렇게 만들어 버리겠어'라고 말하는 것 같은 착각까지 들 정도였다.

몬스터는 고개를 갸웃하고서 방금 죽어버린 여자의 머리를 들어 올려 민서에게 내밀었다.

민서는 목석처럼 굳어버렸다. 방금까지 살아 있던 여자의 머리가 눈앞까지 왔다.

피가 뚝뚝 떨어져 내렸다. 민서의 신발에도 피가 묻었다.

이젠 방법을 찾아야 한다는 생각도 안 들었다. 너무 무서워서 어디라도 도망치고 싶었다.

몬스터는 고개를 다시 한 번 갸웃했다가 시범을 보이기라도 하듯 여자의 머리를 와그작 와그작 씹기 시작했다. 그 몬스터는 몸통이 전부 입으로 되어 있기라도 한 것처럼 입이 굉장히 컸다. 끄드득— 끄드득— 소름끼치는 소리와 함께 민서는 털썩 주저앉았다.

끔찍했다. 눈물이 마구 쏟아져 나왔다. 어떻게 할 수조차 없었다.

"이 개새끼가!"

그런데 그 순간 누군가 난입해 철퇴를 휘둘렀다. 콰광! 요란한 소리와 함께 몬스터가 뒤로 물러섰다.

강남 스타일의 길드원 중 한 명. 한국에 100명 밖에 없는 골드 급 슬레이어 이항순이었다. 한국 정부와 유니온은 현석 가족에 대해 각별히 신경을 쓰며 비밀리에 경호를 하고 있다. 꽤 많은 인력이 여기에 동원되었는데 이항순은 그들 중 한 명이었다.

휘유―! 휘파람을 불었다.

"이 새끼야. 네가 건드린 사람이 지금 누군지나 알고 있는 거냐? 이거 안 될 흰 털 원숭이새끼네."

말은 여유롭게 하고 있지만 항순은 긴장의 끈을 놓지 않았다.

이곳은 분명 특수한 곳이다. 들도 보도 못했다. 던전도 아니다.

저 몬스터를 바짝 뒤쫓은 게 아니었다면 발견하지도 못했을 것이다. 들어와서도 한참 헤맸지만 어쨌든 늦지 않아 다행이다.

항순이 침을 퉤 뱉었다.

"너 씨팔, 플래티넘 슬레이어 형님이라고 아냐?"

참고로 항순이 나이는 더 많다.

*　　　　*　　　　*

민서는 퍼뜩 정신을 차렸다.

이항순이 난입하면서 상황이 조금 달라졌다.

이항순은 인하 길드원들에 비하면 손색이 있지만, 명색이 강남 스타일의 길드원이다.

인하 길드를 제외하면 최상위 급 슬레이어라고 할 수 있다. 그리고 근접 전투 슬레이어다. 민서는 재빠르게 전투 필드를 펼쳤다. 그녀는 보조 슬레이어다.

저 남자 낯이 익다.

개인적으로 얘기를 나눈 적은 없지만 강남 스타일의 길드원이라는 것 정도는 안다.

그동안 몇 번 같이 슬레잉했었으니까. 몬스터와 대치한 이항순이 눈만 힐끗 돌려 물었다.

"괜찮으세요?"

그러면서 슬쩍 주위를 둘러봤다.

골드 급 슬레이어를 적으로 간주했는지 몬스터는 거친 숨결을 내뱉으며 이항순을 노려봤다.

이항순이 자신의 무기인 철퇴를 돌렸다.

후웅~ 후웅~

무거운 파공성이 들렸다.

"한가롭게 인사를 하고 있을 시간은 없겠네. 민서 씨, 부탁드립니다."

그는 민서가 인하 길드원이라는 것도 알고 보조 슬레이어라는 것도 안다. 그건 민서도 마찬가지다.

서로가 어떤 스킬을 갖고 있는지도 정확히는 모르지만 그래도 대충은 알고 있다. 민서가 외쳤다.

"Speed Up! Power Up! Strength Up!"

기본적인 버프를 발동 시킨 다음.

"테이밍 필드!"

테이밍 필드를 동시에 가동시켰다. 그리고 자이언트 터틀 6마리를 동시 소환했다.

"터틀—디펜시브!"

보조 슬레이어의 진정한 힘은 강한 전투 슬레이어가 주위에 있을 때에 드러난다.

이항순은 저도 모르게 깜짝 놀랐다.

'이게… 인하 길드 보조 슬레이어의 버프인가.'

연속 다섯 개의 스킬을 펼친 것도 놀라운데 거기에 더해.

"Defensive Power Up!"

터틀—디펜시브에 이어 디펜시브 파워업을 통해 다시 한 번 방어력을 끌어 올렸다.

놀라웠다. 예전보다도 더 강해진 것 같다. 게다가 터틀—디펜시브. 이건 처음 보는 기술이다. 그러나 방어력이 눈에 띄게 높아졌다. 여태껏 그가 받아본 모든 버프 중에 최고의 버프였다.

'인하 길드의 버퍼와 함께라면 버틸 수 있다!'

사실, 버퍼는 혼자서는 별로 할 수 있는 게 없다.

하지만 주위에 전투 슬레이어가 있으면 얘기가 달라진다. 민서는 최상위에 속하는 톱 클래스 보조 슬레이어다. 그것도 버퍼—테이머, 특수 클래스다.

이항순의 몸 주위에 푸른색 옅은 막이 생겼다.

버퍼—테이머인 민서의 특수 스킬, 터틀—디펜시브다.

이항순은 그의 주 무기인 철퇴를 들고서 몬스터와 대치했다.

이항순은 이를 악물었다. 그도 물론 무섭다. 새로운 형태의 몬스터다. 새로운 형태의 몬스터라는 말은, 적어도 여태까지 나왔던 몬스터들보다는 강할 확률이 높다는 뜻이다.

현재 그의 실력으로는 트윈헤드 솔로잉이 가능한 정도. 웨어울프도 가능은 하겠지만 좀 어렵다.

'어차피 도망은 칠 수 없어.'

도망치려고도 해봤으나 이미 이 몬스터의 속도를 봤다. 민서가 납치된 그때부터 열심히 쫓아왔다. 저 몬스터는 민서를 비롯해 다른 여자 한 명을 짊어지고 있음에도 불구하고 항순보다 빠를 정도다.

여기까지 쫓아온 것도 기적이라고 할 수 있었다. 도망은 어차피 글렀다.

'나는⋯ 시간을 끈다!'

이길 수 있을 거란 생각은 하지 않았다. 하지만 시간만 끌면 된다고 생각했다. 열심히 뛰면서 유니온에 연락을 넣었다. 유니온에서 즉각적으로 움직일 거다. 유니온뿐만 아니라 군, 경이 전부 움직일 거다. 시간만 끌면 된다.

어쩌면 1분도 시간을 끌지 못할 수도 있다. 그가 자주 사용하는 스킬명을 외쳤다. 인하 길드의 보조 슬레이어라면 분명 이 기술을 기억하고 있을 거라 확신했다.

"허리케인 메이스!"

이 기술을 익히 알고 있는 민서가 한 발자국 뒤로 물러섰다. 기술명을 외치는 것은 곧 동료 슬레이어와의 연계를 원활하게 만들기 위해서다.

이건 큰 기술이다. 민서도 연달아 외쳤다.

"M/P 차징!"

뒤쪽에서 덜덜 떨며 상황을 지켜보던 여자 하나가 벌벌 떨면서 대한민국 톱 급 슬레이어 둘의 슬레잉 장면을 지켜봤다. 두 손을 꼭 모으고 입술을 꽉 깨물었다.

모르긴 몰라도 희망이 생긴 것 같았다. 죽고 싶지 않았다.

＊　　　　＊　　　　＊

새벽 1시. 유니온에 전화 하나가 접수 됐다. 그런데 좀 심상치가 않았다. 골드 슬레이어가 긴급이라며 전화를 건 거다.

새벽 1시 2분.

박성형이 긴급 공문을 내걸었다.

수배금 100억을 걸었다. 100억은 무척 큰돈처럼 느껴질 수도 있지만 박성형이 지금 당장 현금으로 지급할 수 있는 돈의 아주 일부 밖에는 안 된다.

100억이 걸렸다. 100억이 아니고 1억만 되어도 찾으러 나갈 사람은 널리고 널렸다. 슬레이어들이 움직이기 시작했다.

새벽 1시 5분.

원주에 주둔 중인 36사단에 비상이 떨어졌다.

경찰들도 마찬가지였다. 경보까지 울렸다. 헬기는 물론이고 제논 탐조등까지 동원됐다.

새벽 1시 25분.

대대적인 탐색 작전이 벌어졌다.

사건이 벌어진 지 겨우 30분도 안 됐는데 오크밸리에 군, 경, 슬레이어들이 쫙 깔렸다. 헬기들도 떴다. 스키장을 이용하던 사람들은 움직임이 통제됐다. 모두 숙소 안으로 혹은 비상대피소 안에 대기하게 됐다.

"도대체 이게 무슨 일이래?"

"여기에 새로운 몬스터가 나타났대."

새벽 1시 31분.

뉴스 속보가 쏟아져 나오기 시작했다. 대피했던 사람들도 이제 어찌된 영문인지 알게 됐다.

"오늘 사람 찾는 방송 엄청 많이 나왔잖아."

"세상에… 그게 다 몬스터 때문이라고?"

"마, 말도 안 돼… 몬스터가 사람을 납치한다니? 그런 일은 여태까지 한 번도 없었잖아요."

몬스터가 출몰했다.

많은 사람이 이용하고 있는, 이곳. 원주 오크밸리 스키장에 말이다. 때문에 군, 경, 슬레이어들이 총동원되어 몬스터를 탐색하고 있다.

〈새로운 몬스터의 출현.〉

〈아직까지 피해 규모 파악되지 않아.〉

〈오크밸리. 관광객들 긴급 대피.〉

하종원도 원주에 도착했다. 람보르기니를 타고 출발한 현석보다 조금 늦게 도착했다. 간만에 미친개 시절의 성격이 튀어 나왔다. 도착하자마자 종원은 소리를 고래고래 질러댔다.

누가 보면 민서가 친동생인 줄 알 정도였다.

"이 씨발! 건드릴 사람이 없어서 내 동생을 건드려! 다 죽여버릴 테다!"

몇몇 사람이 하종원을 알아봤다.

하종원은 현재 한국 내에서 얼굴이 많이 알려진 슬레이어들 중 한 명이다. 방송 출연도 마다하지 않고 CF도 여럿 찍었다.

"저, 저사람 하종원 아니야?"

"하종원 맞는 거 같은데?"

유리창 안쪽에서 바깥을 보던 사람들이 하종원을 발견했다. 아무래도 일이 심상치 않은 듯했다. 새벽 1시가 넘은 이 시간에 그 유명한 하종원까지 동원됐다. 그렇다면 가벼운 일은 아닐 거다. 하종원은 몹시 흥분하기라도 한 듯 전투 필드를 펼쳤다.

사람들은 몰랐다. 하종원보다 앞서 이곳에 플래티넘 슬레이어가 도착했다는 걸. 서울에서 원주까지. 약 130㎞를 겨우 40분 만에 주파했다. 그러나 현석에게는 그 40분이 40시간처럼 느껴졌다.

지금은 이항순에게 연락도 안 된다. 연락이 안 되는 건 보통 두 가지 경우다. 하나는 던전과 같은 특수한 장소에 들어갔을 경우. 또 하나는 당사자가 죽었을 경우.

'젠장! 어디냐!'

현석은 명훈을 등에 업고 열심히 달렸다.

명훈이 끊임없이 탐색 스킬을 사용하며 흔적을 찾았지만 아무것도 잡히지 않았다.

'어디냔 말이다!'

폴리네타의 3인방도 유니온으로부터 연락을 받았다.

폴리네타는 그동안 재고를 쌓아놓았던 탐색 스킬 스크롤을 공짜로 배포했다. 오크밸리 실종자 탐색에 사용하는 조건으로 말이다.

"이런 거 아끼면 안 돼. 비상이다 비상."

"무슨 일이요, 형님?"

"지금 플래티넘 슬레이어 동생이 몬스터한테 끌려갔단다."

"거참… 그 몬스터 용감하네. 세계 최고로 용감한 몬스터야."

"근데 찾기가 쉽지 않은 모양이야. 지금 30분이 넘도록 실종 상태고."

플래티넘 슬레이어의 동생이 납치됐단다. 덕분에 지금 군, 경, 유니온 전부가 난리 났다.

폴리네타의 직원들도 난리가 났다. 그들의 입장에선 새벽 1시가 넘은 시간에 갑자기 불려나와 일을 하게 됐다.

명훈은 무섭다, 무섭다를 연발했다. 현석의 등에 업혀 있다가 떨어지면 죽을 것 같은 기분에 사로잡혔다. 그러다가 그는 결심했다.

'현재 남은 잔여 스탯이… 총 120개쯤 되네.'

저번에 트롤 웨이브를 막기 위해서 스탯을 100개가량 사용했다. 그리고 다시 묵혀놨다. 칭호 효과를 받기 위해서 잔여 스탯을 최대한 많이 남겨놓는 게 유리하니까. 하지만 지금은 그런 거 따질 때가 아니었다.

다른 사람들은 명훈보고 괴짜라고 그런다. 그리고 그 괴짜는 괴짜다운 선택을 했다.

"야, 현석아. 나 탐색 스킬에 남은 잔여 스탯 전부 쏟는다. 이대로는 못 찾아."

설사 찾을 수 있더라도 시간이 너무 오래 걸릴 것 같다. 지금은 1분 1초가 귀하다.

잔여 스탯 아끼다가 민서를 잃을 수도 있다.

명훈은 즉시 잔여 스탯을 아끼지 않고 남은 잔여 스탯 120개를 탐색 스킬에 모조리 쏟아부었다.

보통의 슬레이어들이라면 절대로 하지 않을 행동이었다.

스탯은 그냥 두고 스킬에 전부 투자한 거니까. 보통의 경우, 이런 걸 보면 미쳤다고 말한다. 현석도 이번엔 말리지 않았다. 스킬에 스탯을 투자하면 분명 스킬의 레벨은 높아진다. 전투 능력치의 상승으로 인한 스킬 레벨 업보다는, 적어도 스킬 업만 놓고 보면 훨씬 빠르고 효과적인 방법이다.

그리고 여태까지의 탐색 스킬로는 찾아내지 못했던 그곳을 찾아냈다.

　　명훈이 말했다.

　　"찾았다."

CHAPTER 10

명훈이 말했다.

"찾았다."

그와 동시에 또 말했다.

"지쳤다."

괴짜답게 스킬에 모든 스탯을 투자한 것까진 좋았다. 그런데 스킬 등급이 지나치게 높아지는 바람에 근본이라 할 수 있는 전투 능력치에 스탯 투자를 하지 못했다.

그래서 스킬을 오래 지속하기가 힘들었다. 그걸 깨달은 현석이 서둘러 M/P차징을 써줬다.

명훈이 한 곳을 손가락으로 가리켰다.

"저기야."

"어디?"

"저기 슬로프 중앙 부근."

현석이 눈을 돌렸다.

명훈과 전투 필드를 공유하고 있는 현석의 눈에 뭔가가 잡혔다. 슬로프 중앙 부근에 이상한 일렁거림이 있었다.

"야, 현석아. 나 조루됐다. 엠피 좀 채워줘."

슬로프 중앙 부근.

명훈의 탐색 스킬이 꺼지자 아무것도 안 보인다. 그냥 슬로프다. 심지어 그 쪽엔 군인들도 돌아다니고 있다. 그러나 아무도 발견하지 못했다. 특수한 공간인 것 같았다. 이것저것 따질 시간이 없었다.

슬로프 중앙 부근.

"어, 방금 무서운 속도로 뛰어오던 슬레이어 하나가 갑자기 사라졌습니다."

"무슨 소리야?"

"방금 요 아래에서 막 뛰어오던 그 사람 있지 않습니까? 여기 근처에서 갑자기 없어졌습니다."

"말도 안 되는 소리하고 있어."

"분명히 본 거 같은데 말입니다."

그들은 미처 발견하지 못했다. 슬로프 아래에서도 중앙까지 발자국이 이어져 있었던 것을. 지금 흩날리고 있는 눈발이 바람 때문인 줄 알았다. 아주 잠깐 멍하니 그곳을 쳐다봤다. 너무 순식간이라 좀 헷갈릴 법도 했다고 생각했다.

"진짜… 잘못 봤나?"

*　　　*　　　*

이항순은 이를 악물었다. 다른 건 다 필요 없었다.

시간만 끌면 된다. 유니온에 연락을 취해놨으니 곧 플래티넘 슬레이어가 올 거다. 서울에서 여기까지의 거리를 계산해 보면 1시간. 최대한 빠르게 온다고 가정하면 20분~30분 정도만 버티면 될 것 같다.

'내가… 시간만 끌면 돼! 플래티넘 슬레이어가 올 거다.'

혼자서는 불가능했다. 그러나 지금은 가능할 것 같았다.

"스피드 업!"

"대미지 업!"

민서는 남아 있던 잔여 스탯들을 모두 사용했다. 칭호 효과를 받기 위해 일부러 묵혀놨었지만 지금은 더운 물, 찬 물 가릴 때가 아니었다.

지성 스탯이 200을 돌파했고 최상급이었던 그녀의 스킬들이 그린 등급으로 업그레이드됐다.

'이럴 수가. 이 짧은 순간에 갑자기 더 강해졌다.'

항순은 그걸 피부로 느꼈다.

'여태까지 제 실력을 발휘하지 않았던 건가?'

그런 건 아니다. 남아 있던 잔여 스탯을 모두 사용해서 이렇게 됐다. 지성 스탯 200을 돌파하면서 M/P의 절대치가 1만이 넘게 됐다.

'아니면 정말로 이 짧은 시간 동안 갑자기 강해진 건가?'

M/P 절대치 1만.

이는 노멀 모드 규격을 초과했을 때의 현석과 거의 비슷한 수준이다.

노멀 모드 규격을 초과했다는 말은 즉, PRE—하드 모드 초과까지는 아니더라도 최소 PRE—하드 모드의 규격 이상은 된다는 뜻이다.

민서가 사용 가능한 스킬들을 모두 사용해서 항순을 도왔다. 보조 슬레이어는 자신이 펼치는 스킬이 무엇인지 전투 슬레이어에게 알려주기 위해 스킬명을 육성으로 외친다. 일반적인 상식으로는 있을 수 없는 일이 또 벌어졌다.

"회복 필드 개방."

전투 필드와 회복 필드를 동시에 펼쳤다.

민서는 분명 보조 슬레이어다. 하지만 현석과 마찬가지로 회복 필드 스킬도 익혔다.

현석처럼 인맥과 돈 모두를 가지고 있으면 일반 슬레이어도 회복 필드를 익힐 수 있다. 물론 여기서의 인맥은 대충 한국 유니온장, 일본 유니온장, 미국 유니온장, 중국 유니온장쯤 되어야 하고 여기서의 돈은 1조나 2조나 거기서 거기처럼 느낄 수 있을 만큼 정도는 되어야 하겠지만 말이다.

이항순이 전위를 맡았다.

평소보다 몇 배는 강해진 것 같은 기분에 자신감이 좀 더 생겼다.

철퇴를 위에서 아래로 내려쳤다. 철퇴가 두 개로 늘어났다.

"더블 스매싱!"

쾅광! 거대한 소리가 터져 나왔다.

몬스터가 양팔을 교차시켜 철퇴를 막아냈다. 항순의 힘이 강했는지 몬스터가 한 발자국가량 뒤로 밀렸다. 그러나 별다른 타격을 주지는 못한 듯했다. 그래도 어그로를 끌어오는 것은 성공했다. 몬스터가 이항순에게만 집중했다.

그때.

"터틀—어택!"

민서가 외쳤다.

6마리의 새끼 자이언트 터틀이 동시에 입을 벌렸다. 여섯 덩어리의 녹색 산성액이 발사됐다. 대미지 자체는 그렇게 크지 않았지만 방어력을 무시하는 특성이 담긴 공격이다.

실드 게이지는 멀쩡한데 H/P가 감소했다. 많이 감소한 건 아니다. 그래 봐야 1퍼센트 정도.

그러나 독 대미지를 입고 있는 동안에는 H/P나 M/P의 자가 회복이 불가능하다. 민서는 이점을 노렸다. 계속해서 조금씩 떨어져 내렸다. 다만 한 방의 강한 대미지가 아니어서 어그로가 튀지는 않았다. 민서도 어그로가 튀지 않을 거라는 것을 이미 알고 있었고.

이항순이 다시금 철퇴를 휘둘렀다. 민서의 M/P 차징이 그를 도왔다.

"더블 스매싱!"

하지만 이번 공격은 제대로 막혔다. 몬스터의 손이 빠르게 움직였다. 왼손으로 이항순의 철퇴를 툭! 튕겨내고 오른손으로 이항순의 머리를 세차게 후려쳤다.

민서가 다급히 외쳤다.

"힐!"

한 번 공격에 이항순의 H/P가 절반 이상이 날아갔다. 이항순이 잽싸게 고개를 숙였기에 망정이지 제대로 들어갔으면 크리티컬 샷이 떴을 지도 모를 일이다. 민서는 지성 스탯이 높다. 힐은 지성 스탯의 영향을 받는 스킬이다. 회복 능력이 굉장히 뛰어나다. 그녀의 힐에 이항순의 H/P가 가득 찼다.

'버퍼가 어떻게 이런 최상급의 힐을……!'

그러나 그건 중요하지 않았다. 인하 길드다. 인하 길드니까 가능한 일이었다.

'이 정도면… 시간을 끄는 건 가능할 것 같다!'

그런데 몬스터가 변화했다. 눈이 시뻘개지는가 싶더니 더 흉흉한 기세를 내뿜었다. 뭔가 달라졌다.

"젠장!"

이항순은 저도 모르게 욕설을 내뱉었다.

피한다고 피했는데 살짝 스친 것만으로 대미지가 크게 들어왔다.

H/P가 30퍼센트 이하로 떨어져 내렸다. 민서가 다급히 힐을 시전해 줬다. 그러나 힐을 쓴다고 해서 한꺼번에 H/P가 가득 차는 건 아니다. 그렇게 느린 속도로 H/P가 차오르는 건 아니지만, 그 속도보다 몬스터가 재차 공격하는 속도가 더 빨랐다.

애초에 그는 피하는 것에 익숙한 스타일은 아니다. 우직하게 공격력과 체력으로 밀어붙이는 스타일의 근접 전투 슬레이어였다.

이항순은 이를 악물었다.

철퇴를 세게 고쳐 쥐었다. 어차피 피하기는 글렀다.

저쪽에서 민서가 연거푸 힐을 사용해 주고 있으니 한 대 정도는 어떻게 버틸 수 있을 거다. 치명타만 피하기로 했다.

그때 민서가 외쳤다.

"오빠!"

위험했다. 아무리 힐을 시전해 주고 있다고 해도 회복 속도보다 대미지가 더 클 것은 분명해 보였다.

치명상을 피하려는 움직임을 보이고는 있으나 저대로 잘못 맞으면 죽는다. 민서가 비명을 질렀다.

"안 돼!"

몬스터의 길다란 팔이 이항순의 머리를 향해 떨어져 내렸다. 그와 동시에 서늘한 바람이 불어왔다.

그리고 목소리가 들려왔다. 남자의 목소리였다.

"힐."

항순은 생각했다.

'살았… 다!'

*　　　*　　　*

스톰 오브 윈드 커터. 최하급 마법 스킬 윈드 커터의 스킬 레벨이 상승하면서 생겨난 스킬이다. 힐을 레벨이 높아지면 상급 힐과 Ratio 힐이 파생된다. 현석의 경우는 Storm Of Wind Cutter가 생겼다.

'스톰 오브 윈드 커터!'

스톰 오브 윈드 커터는 윈드 커터 7발을 동시에 뿜어내는 스킬이다.

에메랄드 색을 가진 7개의 윈드 커터가 상하좌우 7방향에서 몬스터를 향해 날아들었다.

폭발적인 속도와 파워를 간직한 최상급 윈드 커터가 쏘아져 나갔다.

풀썩.

이항순이 쓰러졌다. 현석의 힐 덕분에 H/P도 가득 찼다.

민서의 힐도 대단했지만 플래티넘 슬레이어의 힐은 그 몇 배의 힘을 가졌다.

그와 거의 동시에 민서도 쓰러졌다. 긴장이 풀리니 다리도 같이 풀린 거다.

"오, 오빠!"

긴장이 풀리다 못해 여태껏 겨우 억눌렀던 눈물이 터져 나왔다.

너무 끔찍했다. 찢어져 버린 남자의 시체도 무서웠고 바로 앞에서 찢어낸 머리를 씹어 먹는 몬스터도 두려웠다.

이만큼 참으면서 보조 슬레잉을 진행한 것만으로도 충분히 칭찬받을 일이다.

민서가 몸이 무너지듯 쓰러지자 현석은 곧바로 그곳을 향해 뛰었다. 현석의 몸이 사라지는가 싶더니 민서를 안아 들었다. 몬스터는 나중 문제다. 명훈도 헐레벌떡 뛰었다.

"야야! 나도 너 뒤에 숨겨줘야지! 난 연약하다고! 나도 지켜 줘 형!"

현석이 말했다.

"민서야, 괜찮아?"

"……."

민서의 몸이 축 늘어졌다. 단번에 상황 파악이 됐다. 피비린 내가 진동했다. 사지가 찢겨진 남자의 시체가 보였다. 알몸이 된, 목이 찢겨나간 여자의 시체도 보였다. 민서의 스키슈즈에 도 피가 묻어 있었다. 민서는 지금 긴장이 완전히 풀려서 기 절해 버렸다.

명훈이 말했다.

"현석아, 쟤 도망가는데?"

현석이 도망가는 몬스터를 향해 다시 윈드 커터를 날리려 했다. 그런데 예상치 못한 일이 벌어졌다.

명훈이 고개를 갸웃했다.

"어라?"

갑자기 몬스터의 모습이 사라졌다. 갑자기 시야에서 사라 졌다. 속도와는 별개의 문제로 그냥 모습이 사라진 거다. 명훈 이 동시에 탐색 스킬을 사용해서 몬스터의 위치를 찾아냈다. 그 사이 몬스터는 멀어졌다. 모습이 사라진 그 몇 초, 현석이 잠깐 멈칫한 그 사이에 몬스터는 줄행랑을 쳤다.

"도망치는 거 하난 잽싸네. 근데 몬스터가 도망을 쳐? 납치에 이어 도망까지? 몬스터가 왜 저래?"

그래도 이거 하난 확실했다.

'최소한의 지능을 가진 몬스터가 나타난 거다.'

인간을 납치하는 몬스터. 그리고 여자의 상태를 보아하니 강간을 당한 것 같았다.

성욕이 있고 상황이 불리하다 싶자 도망치는 몬스터. 이러한 사항들로 미루어 보아 아무래도 어느 정도의 지능은 가지고 있는 몬스터인 듯했다.

현석은 이항순을 슬쩍 쳐다봤다. 플래티넘 슬레이어이기 전에 그는 민서의 오빠다. 저 이항순이란 슬레이어가 없었으면 정말 큰일 날 뻔했다. 현석이 고개를 숙였다.

"정말 감사합니다."

"아뇨. 저야 뭐… 해야 할 일을 했을 뿐이죠."

그도 사람이다. 무작정 쫓지는 않았다. 다만 민서가 플래티넘 슬레이어의 동생인 걸 알고 있어서 쫓았다. 그리고 그 선택은 옳았다. 이상한 특수 공간에 떨어져 버릴 것은 예상 못했었지만 어쨌든 지금 플래티넘 슬레이어가 자신에게 진심으로 고마워하고 있다는 것을 알 수 있었으니까.

'시체가 두 구… 나 있다니.'

이곳엔 시체까지 있었다. 시체는 두 구. 주위는 피범벅이다. 그런데 목소리가 들려왔다. 몬스터가 도망가자 이 특수한 공간이 사라진 듯했다.

"시, 시체다!"

"상황 발생! 상황 발생!"

당연히 상황을 모르는 군인들이 바짝 긴장했다.

"소, 손들어!"

슬로프 중간에 난데없이 사람들이 나타나고 그 주위는 피범벅이며 또 시체까지 놓여 있다. 총구를 현석에게 겨눴다. 이들과 괜히 드잡이질 하고 싶지 않았다. 현석이 적의가 없다는 걸 표시하려는 듯 두 손을 위로 올리면서 말했다.

"지휘관과 얘기하고 싶습니다. 환자도 있습니다."

얼마 지나지 않아 육군 준장 최남두가 스노모빌을 타고 달려왔다. 시간이 얼마 지나지 않아 현석은 혐의를 벗었다. 육군 준장 최남두는 침을 꿀꺽 삼켰다.

'이 사람이… 플래티넘 슬레이어란 말인가?'

현석이 말했다.

"제 동생, 잘 부탁드립니다. 그리고 군인들 모두 물리세요. 지금 상황에서는 군인들은 도움이 안 됩니다. 놈은 설인 혹은 예티의 형태를 가지고 있으며 특수한 은신 스킬과 은신처를 만드는 능력이 있는 듯합니다. 일정 수준 이상의 탐색 스킬이 없으면 발견 자체가 안 됩니다."

하지만 최남두의 입장에서, 아무런 성과도 없이 군인들을 모두 물릴 수는 없는 노릇이다.

시간이 조금 흘렀다.

육군준장 최남두와 현석. 그리고 명훈이 함께 헬기에 올라 탔다.

휴대가 가능하도록 제작된 제논 탐조등도 소지했다.

명훈이 심각한 얼굴로 말했다.

"예상이 맞았어. 한 마리가 아냐. 그건 그렇고 M/P 차징 좀 써줘. 뭔 놈의 M/P가 이렇게 빨리 다냐? 조루도 아니고."

민서의 안전은 확보했다. 명훈의 입장에서 그렇게 급할 건 없었다. 상황이 조금 개선되니까 엄살이 튀어나왔다.

"아… 이건 무슨 체력이 고갈되는 느낌이네."

말은 그렇게 하면서 계속해서 탐색을 사용했다. 제논 탐조 등으로 한 곳을 가리켰다. 레이저보다도 강력한 세기의 가시 광선이 한 곳을 가리켰다.

"여기다, 현석아."

헬기 위. 플래티넘 슬레이어가 한 곳을 응시했다. 이 순간 에도 기사가 속속들이 터져 나왔다.

〈새로운 형태의 몬스터 출몰.〉

〈PRE—하드 모드 슬레이어 숫자 증가. 그에 따른 변화인가!〉

〈플래티넘 슬레이어. 군과 협조하여 새로운 몬스터 박멸 준비 중!〉

플래티넘 슬레이어가 구체적으로 어떻게 처리하는 지, 어떤 식으로 작전에 임하는지까지는 아무도 모른다.

그저 플래티넘 슬레이어가 나섰다는 것만 안다. 육군 준장 최남두는 플래티넘 슬레이어를 응시했다. 그도 소문만 들었지 플래티넘 슬레이어를 실제로 보는 건 처음이다.

'어떻게… 눈에 보이지도 않는 몬스터를 슬레잉할 것인가?'

그리고 플래티넘 슬레이어가 슬레잉을 시작했다.

그 순간 최남두의 눈이 커졌다.

'이, 이럴 수가!'

＊　　　＊　　　＊

현석은 단순히 새로운 스킬만 갖게 된 건 아니었다. 윈드 커터 역시 옐로우 등급으로 업그레이드됐다. 그리고 전투 필드 역시 옐로우 등급으로 높아졌다. 그리고 그의 전투 필드는 다른 슬레이어들의 전투 필드와는 비교자체를 불허하는 엄청난 능력을 갖게 됐다.

　1. 전투 필드 개방(Active)─LV.10

　─전투 필드를 개방시킨다. 슬레이어의 잠재된 능력을 개화
시키는 필드를 펼친다.

　─유지 가능 시간: 32 분 08초.

　─개방 조건: 없음(지능 스탯 100이상 필요)

　─필요 M/P: 46,302

　─물리/비물리 공격력 10퍼센트 증가.

　─?

　전투 필드 개방(Active).

　옐로우 등급에 LV.10이다. 원래 40분 28초에서 32분 08초
로 줄었다. 필요 M/P도 과거 3,000에서 26,000으로 훌쩍 뛰
었다. 그리고 모든 공격력 10퍼센트 옵션이 붙게 됐다.

　현재 현석의 물리 공격력은 수치만 따져도 42만 6천이 넘는
다. 스탯창의 단순 수치만 따져도 그렇게 된다.

　거기에 10퍼센트면 4만이 넘는 공격력이 덧붙었다. 거기에
무쇠주먹(Passive)의 공격력 6퍼센트가 또 추가로 붙으면 약
2만가량이 더 붙는다. 스킬만으로 6만의 공격력이 생겼다. 현
재 힘 스탯 100이 넘는 하종원의 공격력이 4만쯤 된다는 걸

생각하면—현석이 처음 싸이클롭스를 슬레잉할 당시의 공격력보다 약간 낮은 수준이다—추가 공격력 6만이 엄청나게 큰 숫자라는 걸 알 수 있다.

그리고 전투 필드의 소모 M/P가 커진 만큼 그 범위도 엄청나게 넓어졌다. 마음먹고 펼치면 슬로프 하나를 통째를 사정권에 넣을 수 있을 만큼 넓게 펼칠 수 있게 됐다.

그리고 윈드 커터 역시 강해졌다.

사정거리 자체가 예전과는 비교가 안 된다. 현석이 내뿜는 길이 7미터의 윈드 커터는 수십. 아니, 어쩌면 수백 미터에 이르는 거리를 격하여 날아들었다.

현재 헬기 위에 떠있는 상황. 헬기 위에서 현석은 윈드 커터를 수없이 난사했다. 도중에 명훈의 M/P를 채워주면서 슬로프에 숨어 있는 놈들의 은신처 통째로 박살 내버렸다.

명훈이 중얼거렸다.

"넌 볼 때마다 진짜 괴물이다. 종원이가 사기캐, 사기캐 하는 것도 이해가 되네."

아무래도 은신처 자체에 대미지가 박히는 걸로 보아 저 몬스터가 만드는 은신처 그 자체가 몬스터로 취급되는 것 같았다. 육군준장 최남두는 두 눈을 꿈뻑거렸다. 헬기위에서 뭔가를 난사하자 파란빛이 나는 몬스터스톤 몇 개가 슬로프 위에 생겨났다.

그는 육군준장이지만 이런 광경 처음 본다.

'헬기위에서 발사하는 로켓포… 같은 거잖아.'

그리고 현석의 공격을 어느 정도 알아차린 홍세영도 재빠르게 움직였다. 홍세영이 재빠르게 움직이자 당연히 종원은 멀어졌다.

"야야! 같이 가! 같이 가 홍세영!"

하지만 하종원은 뒤에 버려졌다. 현석도 위에서 그 광경을 봤다. 딱히 말로 의견을 교환한 건 아니었지만 호흡이 맞았다. 마지막 공격은 홍세영이 했다. 현석이 마무리 지으면 몬스터 스톤을 제외한 다른 아이템 드롭이 안 되니까.

육군준장 최남두는 또 놀랐다. 홍세영의 움직임이 너무 빨랐다.

'뭐야, 이 사람들… 뭔 놈의 사람이 저렇게 빨라?'

무서울 지경이었다.

이게 과연 인간들이 맞나 싶다. 홍세영과 유현석. 그리고 이명훈은 콤비를 이뤄서 이 스키장 내의 몬스터의 씨를 말렸다.

'정말… 인간들이 맞나?'

홍세영의 빠르기. 그리고 전격을 뿜어내는 하종원의 라이트닝 해머까지. 정말 놀라웠다. 그리고 무엇보다도 역시 압권인 건 헬기 위에서 윈드 커터를 사방에 뿌려대는 플래티넘 슬레이어였다.

도무지 사람이 아닌 것 같았다. 물론 최남두가 놓치고 있는 사실도 하나 있다. 인간의 기준으로 엄청난 거리를 격하여 쏘아내는 윈드 커터. 그게 펼쳐지려면 그 정도 범위의 전투 필드가 펼쳐져야 한다.

결과적으로 현석은 슬로프 하나를 통째로 집어삼킬 수 있을 정도의 전투 필드를 펼쳤다는 소리다.

육군 준장 최남두는 오늘을 결코 잊지 못할 것 같았다.

'역시… 플래티넘 슬레이어다.'

한편, 인하 길드원들은 길드 하우스로 돌아왔다.

종원이 투덜거렸다.

"난 아무것도 못했네. 겨우 한 마리밖에 못 잡았어."

명훈이 말했다.

"야. 난 기 빨려 죽는 줄 알았어. M/P가 무슨 조루야 조루."

그리고 말을 이었다. 이번에 새롭게 나타난 몬스터의 이름, 특성, 대처법. 그리고 이번에 얻게 된 특별한 보상에 대해 설명했다.

"정말 중요한 얘기는 이게 아냐."

특별한 보상은 특별하기에 특별하다고 하는 거다.

물론 다들 놀랐다. 하지만 더욱 놀라운 이야기는 따로 있었다.

"잘 들어. 이번에 새로이 얻게 된 조루 스킬 덕분에 알게 된 거야. 아직 유니온장도 모르는 얘기야."

*   *   *

홍세영이 아이템을 공개했다. 이번에 새로 등장한 블루 등급의 예티를 잡아서 나온 아이템이었다. 투명 망토(Invisible Cape)가 바로 그것이었다. 움직일 때엔 15초. 그리고 움직이지 않을 때엔 10분 가까이 비가시 상태를 유지할 수 있는 특수한 아이템이었다.

홍세영이 투명 망토를 획득한 이후로 예티는 모습을 드러내지 않았다.

종원이 침을 흘렸다.

"와, 이거 진짜 좋은 아이템이네. 나 줘."

하지만 종원도 진심은 아니었다. 이 아이템은 세영이 착용하는 것이 가장 효율적이다. 급소를 찾아 기습을 하여 크리티컬 샷을 터뜨리는 세영에게는 안성맞춤인 아이템이었으니까.

"근데 그래 봤자 명훈이 눈에는 보인다며? 비록 조루지만."

하지만 그 '비가시 상태'라는 것이 완벽한 건 아닌 듯했다. 명훈의 탐색 스킬로 살피면 보인단다. 다만 일반 탐색은 안 되고 옐로우 등급. 그것도 최상급 탐색을 사용해야만 한다고 하는데, 명훈은 그 탐색을 유지할 수 있는 시간이 겨우 20초도 안 된다.

현석이 말했다.

"어쨌든… 축하해."

다른 사람들의 말에는 크게 반응이 없던 세영의 얼굴이 조금 붉어졌다. 그것도 아주 조금. 다른 사람들은 눈치 못 챘지만 평화는 눈치챘다.

현석에게 축하를 받은 것이 갑자기 조금 부러워졌다. '나, 나도 칭찬해 주세요'라고 말할 뻔했다.

저도 모르게 입이 움직일 뻔해서 황급히 입을 틀어막았다. 모두들 그걸 봤지만 다들 모른 척해줬다.

명훈이 말했다.

"잘 들어. 이번에 새로이 얻게 된 조루 스킬 덕분에 알게 된 거야. 아직 유니온장도 모르는 얘기야."

명훈의 말은 놀라웠다. PRE—하드 모드에 해당하는 던전은 여태까지 발견된 적이 없었다.

인하 길드원들이 찾은 던전들도 노멀 모드 규격을 벗어나지 않는 던전들이었다.

그러나 이제 조금씩 PRE—하드 모드에 접어드는 슬레이어들이 생겨나기 시작하는 추세에 맞추어 PRE—하드 모드에 맞는 던전들이 생겨나고 있는 것 같았다.

그리고 이번에 명훈이 스킬에 스탯을 투자하면서 탐색 스킬이 높아졌고 그 던전들을 찾아낼 수 있게 됐단다.

다시 말해, 새로운 던전이 발견됐다. 그것도 PRE-하드 규격에 맞는 던전들이.

"문제는… 내가 옐로우 등급의 최상급 탐색을 사용해야만 겨우 발견이 된다는 건데… 다른 슬레이어들이 발견할 가능성은 아예 없다고 봐야지."

"음……."

요즘 특별히 더 느끼는 건데, 한국은 이상하게 난이도가 좀 높았다.

단순히 몬스터가 강하다, 변화가 가장 먼저 시작된다는 것을 둘째로 하더라도 난이도 자체가 좀 높은 편에 속했다.

실제로 명훈이 겨우 발견할 정도의 던전이면, 다른 슬레이어들은 발견 자체를 못할 거다.

이번에 오크밸리에 출몰한 예티 같은 경우도 명훈이 아니면 발견하지 못했다.

옐로우 등급에 최상급. 이건 현석이 지성 스탯 558에 이르러서야 겨우 얻을 수 있던 등급이다.

"그리고 예티 같은 경우는… 더 이상 발견이 안 된다고 하네."

"싸이클롭스처럼 어쩌다가 한 번 나타나는 부류인가?"

명훈은 고개를 살짝 저었다가 말했다.

"그럼 세영이 투명 망토도 앱솔루트 아이템에 속하는 건가?"

"사람들이 알게 되면 그렇게 부르겠지."

세상에는 몇 가지, 굉장히 특수한 형태의 아이템이 존재한다.

이런 걸로 얘기하기 좋아하는 일부 사람들은 벌써부터 그러한 아이템들에 대해 '앱솔루트 아이템'이라는 등급을 부여하고 있을 정도다.

예를 들어 '암흑마창'이라 이름 붙은 그것은 슬레이어들에게 굉장히 유명한 아이템이며 전 세계에 딱 하나밖에 없는 아이템이었다.

세계 10대 무기 중 하나에 들어가기도 했고. 물론 여기서 말하는 '세계 10대 무기'란 공적으로 정해진 건 아니었다.

아직은 그냥 이런 것이 있다, 하는 정도로만 소문이 퍼지고 있는 중이었다.

현석은 생각했다.

'새로운 몬스터는 한국에서 가장 먼저 나타난다고 알려져 있어. 여태까지의 상식대로라면 그런 아이템들은 한국에서만 드롭되어야 한다는 건데.'

특정 아이템을 드롭하면 사라지는 몬스터라면 분명히 그래야 했다.

한국은 모든 몬스터가 가장 먼저 나타나는 특수한 지역이었으니까.

'하지만… 실드가 처음 나타난 곳은 한국이 아니었지.'

경매장 습격사건 때, 현석은 분명 영어를 들었다. 물론 그것만 가지고 추론하기는 힘들지만 한국인의 억양은 아니었다.

'세상엔 역시 아는 것보다 모르는 게 훨씬 많다.'

암흑마창 역시 미국 슬레이어 중 한 명이 소유하고 있다고 들었다. 적어도 한국에서 드롭된 아이템은 아니었다.

명훈이 말했다.

"어쨌든 지금 중요한 건… 옐로우 등급의 탐색 스킬을 사용해서만 탐색이 가능한. 그러니까 PRE—하드 모드 던전을 공략할 거냐, 말 거냐가 되겠지."

그리고 한 마디 덧붙였다.

"물론 난 무서우니까 나중에 가면 좋겠어."

종원이 피식 웃었다.

"하긴. 넌 조루니까."

"누, 누가 조루야!"

그 말이 맞긴 맞았다.

탐색 스킬을 20초도 못 쓴다. 물론 옐로우 등급이 아닌 그 이하의 탐색 스킬을 사용해도 되긴 하는데, 그러면 던전 탐색이 안 된다.

그렇다는 말은 던전 안에서도 옐로우 등급의 탐색을 사용해야 효과가 있을 가능성이 높았다. 들어가 보기 전엔 모르지만 말이다.

현석이 말했다.

"어차피 지금 당장은 아무도 발견하지 못해. 던전이 어디 도망가는 건 아닐 테니 잠시 두고 보자. 명훈이 너는 수련 던전이라도 먼저 찾아낼 수 있으면 찾도록 해봐."

"오케이."

평화가 말했다.

"오빠. 민서 병원에는 언제 갈 거예요?"

"아, 응. 지금 가보려고 이제. 일어날 시간 됐네."

민서는 정신적으로 충격을 너무 많이 받아서 지금 병원에 입원 중이다.

큰 상처나 부상은 없고, 병원에서 2~3일 정도만 휴식을 취하면 될 것 같다는 의사의 말을 들었다.

슬레이어들은 시체를 보는 경우가 별로 없다. 슬레잉 때에 시체를 보는 경우는 실수로 전투 필드가 사라졌을 때뿐이다.

민서의 경우는 이번이 겨우 두 번째다. 찢겨진 목에서 흘러내린 피가 신발을 적셨고 예티가 시체를 씹어 먹기까지 했다. 충격을 받지 않았다면 이상한 거였다.

평화가 말했다.

"저도 같이 가요. 민서 좋아하는 호박죽 만들어 놨어요."

"그래? 고마워. 신경 써줘서."

"아, 아니에요. 미, 민서는 제 동생이기도 하고… 그게 그러니까……."

별말 아니고 그냥 고맙다고 말했을 뿐인데 평화의 얼굴이 급작스레 달아올랐다.

'오, 오빠한테 칭찬 받았어!'

약간 행복해졌다. 세영이 무뚝뚝한 얼굴로 현석 뒤에 따라붙었다. 현석이 물었다.

"너도 가게?"

세영이 굉장히 차가운 표정으로 말했다.

"민서랑 약속했으니까."

마치, 너 따위와 같이 가는 건 아무런 상관이 없고 단지 민서와 약속을 했으니 병원에 간다고 주장하는 듯한 표정이었다.

현석, 평화, 세영은 현석의 차에 올라탔다. 그 엄청난 슈퍼카 람보르기니 대신 소박하게 벤츠 탔다.

세 사람이 멀어지고 나서 종원이 입을 열었다.

"나 어제 새벽에 세영이 요리하는 거 봤는데. 잠결에 봤는데 분명 세영이었어."

명훈이 입을 쩍 벌렸다.

"요리를 했다고? 세영이가? 전혀 안 어울리는데. 평화가 아니고?"

평화는 원래 요리 잘한다.

길드원들 먹으라고 가끔 이것저것 해주는데 다들 그 음식을 좋아한다. 하지만 세영이 요리하는 건 여태껏 아무도 못 봤다.

직접 본 종원도 자신 없다는 듯 말했다.

"몰라. 자세히는 못 봤는데 죽 만들고 있는 거 같던데."

"평화가 호박죽 쒔다며?"

약간의 시간이 흐른 뒤, 종원은 고개를 끄덕였다.

"그러니까 지도 민서 주려고 죽을 쒔는데 평화거랑 비교해 보니 너무 맛이 없어서 폐기 처분한 거구만."

주방에 들어갔을 때, 종원이 다시 말했다.

"얘는 죽을 폐기 처분한 거야, 아니면 주방을 폐기 처분한 거야? 요리를 도대체 어떻게 하면 주방이 이렇게 처참해질 수가 있어?"

*   *   *

정청원은 홍대에서 웨스턴 바를 운영중이다. 직함은 매니저인데 거의 사장에 가까웠다. 사장과는 10년 전부터 호형호제한 사이다. 우리가 즐겁게 일해야 손님도 즐겁다라는 것을 모토로 한 이 웨스턴 바는 장사가 굉장히 잘 됐다.

정청원이 이를 악물었다.

"이 개새끼들. 죽여 버리고 만다."

정청원은 자기 사람을 아끼기로도 유명했다. 정직원도 아닌, 아르바이트생이 손님한테 이유 없이 욕이라도 먹기라 하면 손님 쫓아내기도 했다.

손님과의 육탄전도 마다하지 않았다. 물론 먼저 때린 적은 없지만.

아르바이트생들도 정청원을 굉장히 어렵게 생각하면서도 무척 좋아했다. 새벽 3시가 다되어서, 2층에서 섹스를 하는 남녀 옆에 무심하게 앉아 다트를 던지면서 '빨리 끝내라 얘들아. 3시 되면 얄짤 없다'라고 말하던 그 무용담(?)은 아직도 아르바이트생들 사이에서 회자되고 있는 얘기였다.

며칠 전.

그 날은 21살의 아르바이트생. 곧 군대에 입대하는 김수현의 송별 파티가 있는 날이었다.

그날은 아예 가게 문을 닫았다. 가게 식구들 모두가 김수현의 송별 파티에 참여했다. 그런데 그때 일이 터졌다. 손님 안 받냐며 누군가가 깽판을 피웠단다. 그래서 막내인 김수현은 막내답게 얼른 뛰어가서 오늘은 장사를 안 한다며 정중하게 양해를 구했는데, 그랬다가 엄청 얻어 맞았다.

그에 분개한 정청원이 뛰어갔다. 그리고 한바탕 싸움이 붙었다.

손님이고 뭐고 없다. 어차피 정청원은 그런 거 신경 안 쓴다. 가게 망할 테면 망해라, 근데 내 사람 건드리면 가만 안 둔다는 게 청원의 평소 신조였고 여태까지 그렇게 가게를 운영해 왔다.

그게 어떻게 잘 되어서 여태까지 잘 운영해 왔다. 그게 시작이었다. 깽판을 부렸던 남자는, 역시 뭔가 믿는 구석이 있으니 그랬던 것이었다.

뒷배경이 제법 탄탄한 모양이었다. 밝은 쪽 말고 어두운 쪽으로 말이다. 처음에는 장사를 못하게 방해를 하더니 이제 아르바이트생과 가게 직원들을 괴롭히기 시작했다.

정청원이야 워낙에 싸움박질도 잘하고 깡이 있으니 건드리지 않았는데 아르바이트생들과 직원들을 집중적으로 괴롭히기 시작한 거다.

"너 일로 와봐."

"예, 예?"

"어디서 싸웠냐? 왜 눈탱이가 밤탱이가 됐냐?"

처음에는 그냥 잘 넘어갔다.

다들 경찰에 신고도 해보고 대책을 강구했지만 소용이 없었다.

"너 이 새끼들아. 형한테 거짓말하면 진짜 죽는다."

시간이 얼마 지나자 청원은 이상한 걸 알아챌 수 있었다.

바텐더고 아르바이트생이고 너 나 할 것 없이 몸 어디가 다치거나 부러지거나 하는데 이상함을 모를 리가 없다.

정청원은 다들 불러 모아서 꼬치꼬치 캐묻기 시작했다. 알아보니 덩치도 크고 싸움도 잘하는 정청원은 그냥 두고 힘없는 아르바이트생들과 바텐더들을 괴롭히고 있다는 거다.

정청원은 진짜로 화가 많이 났다.

"이 씨팔 놈들이 진짜! 그걸 나한테 아직도 말을 안 하면 어떡해!"

한참이나 씩씩거렸다. 경찰도 저쪽을 건드리기 싫어하는 것 같았다. 더 정확히 말하면 귀찮아 하는 것 같았다. 따지고 보면 가게 식구들이 너무 순하고 착한 것이 문제이기는 했으나 어쨌든 청원은 제대로 열 받았다. 그러던 차, 곧 군대에 입대하기로 했던 김수현이 병원에 입원했다는 소식이 들려왔다.

의사가 말했다.

"후두부에 강한 충격이 있었습니다."

김수현은 운이 나빴다. 건달들도 수현을 이렇게까지 만들 생각은 없었다. 다만 괴롭힘을 피하려고 도망치다가 계단에서 굴러서 이렇게 됐다.

의사가 힘겹게 말했다.

"일단 지켜봐야 알겠지만……."

21살의 김수현은 어려서부터 아버지를 여의고 어머니와 단둘이 힘겹게 살아온 소년가장이다. 그나마 어머니와 서로 의지하면서 살았었는데 불과 1년 전에 어머니는 돌아가시게 됐다.

청원이 수현을 만나게 된 것도 그 즈음이었다. 그때부터 청원은 수현을 거둬서 일반 아르바이트생들보다 월급도 훨씬 많이 주고 여러모로 보살펴 줬었다. 제법 싹싹하고 그런 환경에서 자란 것치고 성격도 밝아서 청원이 많이 아끼던 아르바이트생이었다.

그래서 속으로나마 응원도 많이 했었다. 많이 아꼈다. 이제 좀 상황이 나아지는가 싶었는데 이런 봉변을 당했다. 의사는 소생 가능성이 거의 없다고 말했다. 하지만 정청원은 포기하지 않았다. 병원비도 그가 전부 내줬다.

"선생님. 제발 부탁드립니다. 어떻게든 꼭 살려주세요. 이놈 이렇게 되면 안 될 놈입니다. 앞으로 앞길이 진짜 창창한 놈입니다. 제발 좀 어떻게 좀 구해주세요. 제발 부탁드립니다."

정청원은 의사의 손을 붙잡고 사정사정했다. 돈이라면 얼마가 들어도 좋으니 제발 좀 살려 달라고 하고서 밖으로 나섰다.

가게 식구들 역시 분노하기는 마찬가지였지만 그래도 합법적인 절차를 거쳐 이 사건을 처리하길 원했다.

그리고 그 일이 있고 나서 3일째에 김수현은 결국 목숨을 잃었다. 정청원은 김수현의 시체 앞에서 엉엉 울었다.

경찰은 귀찮은 건지 아니면 바쁜 어떤 일이 있는 건지, 얼른 사고사로 처리했다.

청원이 항의했지만 물증이 없다는 이유로 그냥 넘어가게 됐다. 정청원은 그 물증을 찾으려고 노력하지도 않았다. 그에 정청원은 앞뒤 생각 않고 그냥 쳐들어갔다.

수현을 이렇게 만든 게 누군지 안다. 수현과 같이 봉변을 당했던 아르바이트생 광수가 다 봤다.

*　　　*　　　*

플래티넘 슬레이어 전담 팀의 팀장 고강준이 유니온장 박성형에게 연락을 취했다.

"대장님. 플래티넘 슬레이어에게도 연락을 할까요?"

─아니. 현석이는 그냥 둬. 우리 선에서 처리하는 걸로 하자.

"그래도 상대는 상당히 강한 슬레이어입니다. 아니, 강하다기보다 너무 특이합니다."

─경찰 특공대는?

"곧 투입된다 합니다."

─그럼 처리되겠지.

이번 사건은 좀 이례적이었다. 그리 흔하지 않지만 요즘 조금씩 생겨나고 있는, 화염계 메이지 슬레이어가 한바탕 난리를 피웠단다. 사망자가 벌써 10명이 넘은 대사건이었다.

슬레이어가 일으킨 범죄는 슬레이어들이 투입된다. 이미 슬레이어들도 투입됐다. 다행히 그 범죄를 일으킨 메이지는 슬레이어들이나 경찰들은 죽이지 않고 있다는 것. 그런데 문제가 생겼다.

고강준이 다시 연락했다.

"순간이동 비슷한 스킬을 익히고 있는 모양입니다. 경찰 특공대도 놓쳤다 합니다."

순간이동을 익힌 슬레이어라니. 유니온 측에서도 예상 못했다. 순간이동은 처음 본다. 그래서 당황한 그 사이 도망쳤단다.

"염계열의 고위험군 메이지입니다. 특수 능력을 지녔습니다."

─경찰과 슬레이어들은 죽이지 않은 걸로 봐서… 시민들을 해할 것 같지는 않은데.

"그렇지만 위험 분자입니다. 위치 파악 되는대로 연락드리겠습니다."

*　　　*　　　*

정청원은 순간이동을 사용해 도망쳤다.

'젠장.'

하지만 이대로 잡힐 수는 없었다. 한 놈. 가장 중요한 놈을 놓쳤다. 그놈만 죽이고 나면 잡혀도 상관없었다.

몸을 숨길 곳이 필요했다. 물론 이게 옳은 방법이 아님은 잘 안다. 어떤 식으로 변명하든 살인은 정당화될 수 없다. 그도 그렇게 생각한다. 하지만 참을 수가 없었다.

수현이 죽었다. 여태까지 그 고생을 하면서 어머니를 모셔온 그런 착한 아이다. 이제 좀 살림살이가 나아지는가 싶었는데 그 꼴을 당했다. 이 모든 게 자신 때문에 벌어진 일 같았다.

'그놈은 반드시 찾아내서 죽이고 만다.'

예전, 한 사건을 떠올렸다.

2층을 통째로 빌렸던 한 길드. 공권력마저도 우습게 다루던 그 길드. 경찰들은 멀쩡했던 CCTV를 보고 고장 났다고 말했다. 오히려 피해자에 가까운 그가 경찰서에 끌려갔었다.

그 길드는 분명 특별 관리되는 길드가 틀림없다는 걸 그때 알 수 있었다.

그리고 정청원은 그중 한 명의 얼굴을 이미 알고 있었다. 예전 PFC챔피언인 마이클과 싸웠던 그녀의 이름은 홍세영이었다. 홍세영의 얼굴은, PFC에 관심 있는 사람이라면 알 수 있을 정도였고 그녀가 목동의 슬레이어 타운에 살고 있다는 건 이미 유명한 사실이었다.

청원은 아까의 상황을 떠올렸다.

다른 놈들은 처리했는데 정작 수현을 직접 죽음으로 몰아간 그놈만 놓쳤다. 경찰들이 들이닥쳐서 어쩔 수 없었다.

'제기랄, 거기서 죽였어야 했는데.'

거기서 그놈을 죽였다면 이렇게 도망도 안 쳤다. 순순히 자수해서 죗값을 치렀을 거다. 하지만 그놈을 놓쳤으니 순순히 잡힐 수는 없었다.

'M/P도 바닥이다.'

M/P도 얼마 없다. 이 상태라면 순간이동도 몇 번 못 쓴다. 어차피 몸을 숨길 곳도 별로 없다. 사방에 경찰들이 쫙 깔렸다. 슬레이어들도 적이 되어 자신을 쫓아오고 있다. 아주 잠깐이라도 좋으니 바람막이가 필요했다.

거창한 계획이 있는 건 아니었다. 머리를 많이 굴린 것도 아니다. 애초에 그는 그렇게 머리를 굴리는 스타일은 아니다. 머리를 굴리는 스타일이었으면 이런 대책 없는 사고도 치지 않았을 것이다.

그는 무턱대고 그곳, 목동으로 향했다.

CHAPTER 11

　홍세영은 말주변이 별로 없다. 꼭 필요한 말 혹은 '너 싫어!' 를 제외하면 어지간해선 입을 열지 않는다. 말을 잘 안 하다 보니까 말주변이 더 없어졌다. 그래서 오늘도 설명을 잘 못했 다. 그건 오늘도 마찬가지였다. 그래서 결국 정청원이 설명했 고 현석이 상황을 정리했다.

　"그러니까. 그 날 우리를 봤었고 세영이를 알아봤고 운 좋 게 세영이를 만났다 이거죠?"

　"예."

　"그리고 그쪽이 저한테 할 얘기가 있다고 꼭 데려가 달라고 부탁한 거고요."

현석은 고개를 갸웃했다.

어느 정도 납득이 가는 부분은 있다. 분명 그 날, 세영은 불법을 저질렀다. 원래 H/P를 30퍼센트 이하로 떨어뜨리는 건 상당히 강하게 규제받는다.

자기가 잘못한 걸 아는 세영이 현석의 방까지 찾아와 자존심 꺾고 사과까지 하지 않았던가.

'확실히… 경찰 쪽에서 우리 편의를 많이 봐주긴 했지.'

현석에게 사과한 건 사과한 거고. 사실상 세영은 유니온으로부터 혹은 경찰로부터 제재를 받았어야 한다. 원래대로라면 그렇다. 하지만 세영은 아무런 처벌도 받지 않았다. 오히려 그 이름 모를 슬레이어가 영업 방해죄로 체포되기까지 했다.

'어쨌든… 그때 세영이를 알아봤다는 건 알겠어. 그리고 슬레이어 타운에 산다는 것 정도는 알 수 있겠지. 하지만 정확한 집 주소는 몰랐을 텐데.'

이야기를 들어보니 약간 황당했다. 일단 무턱대고 목동의 슬레이어 타운으로 왔단다. 홍세영을 만난 건 말 그대로 운이란다.

자기는 억세게 운 좋은 사람이라고 진지하게 말하는데 정말 진지해서 그게 진짜인 것 같은 기분도 들었다. 정청원이 무덤덤하게 말을 이었다.

"아직 모르시나 보네요. 저는 지금 경찰에 쫓기고 있는 중입니다."

마치 오늘 아침밥의 메뉴는 김치찌개였습니다, 라고 말하는 것처럼 차분하게 말했다. 현석이 청원을 다시 쳐다봤다. 덩치와 기세를 보아하니 아무래도 폭력 사건 같은 것에 연루되지 않았을까 싶다.

"아, 그래요?"

그 말에 현석은 어느 정도 이해가 되기 시작했다.

이 남자는 어떤 죄를 저질렀고 그에 따라 쫓기게 됐는데 사정이 있어 자신을 찾아온 것이다.

이 남자는 분명 슬레이어였다. 예전에 세영이 전투 필드를 펼쳤을 때 H/P바를 확인했었다.

슬레이어가 죄를 저질렀을 때, 사안에 따라 슬레이어가 움직이는데 유니온에서 현석의 편의를 봐주기 위해 따로 연락을 하지 않았다.

상대가 순간이동을 사용하는 메이지 계열의 마법사라면 얘기가 달라졌겠지만 어쨌든 그 당시에는 유니온도 정청원의 능력에 대해서 전혀 모르고 있었으니까 말이다.

현석이 말했다.

"그렇다는 말은 제가 지금 신고를 해도 된다는 거네요? 여긴 치외법권 지역이 아니거든요. 뭘 바라고 오신 건지는 모르겠지만 도움은 못 되겠네요."

아무리 현석이어도 이런 귀찮은 일에 말려들긴 싫다. 결론만 놓고 보자면 지금 정청원은 자신더러 은신처를 제공해 달라고 하고 있는 거다. 엄연히 불법이다. 여기는 인하 길드의 길드 하우스지 치외법권 지대가 아니다.

정청원이 말했다.

"맞습니다. 하지만 저는 제 죗값을 달게 받을 겁니다. 그런데 부탁이니 제 얘기를 조금만 들어주시면 안 되겠습니까?"

현석은 정청원을 물끄러미 쳐다봤다. 표정을 보아하니 엄청나게 절박한 뭔가가 있는 것 같은 기분이 든다.

"어차피 제가 반항하려고 해봤자… 여기엔 한국 PvP 제1인자 홍세영씨가 옆에 있고. 저기 하종원씨도 오는군요. 이 둘만 있다 하더라도 절 제압하기는 무척 쉬울 겁니다. 얘기 정도 듣는 건 어렵지 않잖아요? 제발 부탁합니다."

세영이 말했다.

"…해봐요."

아무래도 궁금해졌나 보다.

세영이 해보라고 말했고 현석도 딱히 제지하지는 않았다.

정청원이 얘기를 시작했다. 사정은 딱하게 됐다. 이 남자의 성격도 어느 정도 파악은 됐다. 그런데 놀라운 얘기가 이어졌다. 이게 제일 놀라웠다.

"그리고 저는 메이지입니다."

아무리 봐도 근접 전투형인 줄 알았는데 메이지란다.

혹시 전투마법사 같은 게 아닐까 싶은데 황당하게도 그냥 메이지란다. 이미 메이지는 접해봤다. 미국의, 최초 PRE—하드 모드 슬레이어 찰스가 바로 그였다.

정청원이 놀라운 말을 계속 했다.

"그리고 노멀 모드 슬레이어입니다."

다들 정청원을 쳐다봤다.

원래대로라면 메이지는 PRE—하드 모드에서 처음 생기는 클래스다.

최초의 메이지였던 찰스 역시 그랬고 그 역시 PRE—하드에 접어들면서 메이지로 전직하게 됐다.

메이지는 그렇게 선택이 되는 거다. 다들 그렇게 알고 있었다. 그게 상식이었다. 뭔가 이상했다.

"또 저는……."

정청원은 잠시 양해를 구한 뒤 담배에 불을 붙였다.

이곳에 모인 사람들은 전 세계에서도 손꼽히는 길드인 인하 길드의 길드원들이지만 이런 광경은 처음 본다. 플래티넘 슬레이어인 현석도 잠시 할 말을 잃었다.

'담배에… 불이 붙었다. 어떻게?'

이건 있을 수 없는 일이다.

노멀 모드 이후부터는 외력 작용이 안 된다. 적어도 전투 필드가 펼쳐져 있는 곳 안에서는 그랬다. 그런데 담배에 불을 붙였다. 외력을 작용시킨 거다.

현석조차도 처음 보는 광경이다. 솔직히 좀 놀랐다.

'이건… 그린 등급의 최하급 몬스터들이 인체를 직접 공격하는 것과 비슷한 건가.'

정청원이 말을 이었다.

"저는 튜토리얼 모드 때부터 메이지로 시작했습니다. 이후 슬레잉을 열심히 하지 않아 이제야 간신히 노멀 모드에 접어들었습니다만. 일반 슬레이어들보다는 훨씬 강하더군요."

자기가 일반 슬레이어들보다 강하다는 걸 이번에 처음 알았다. 이번에 상대해 본 슬레이어들은 그리 강하지 않았다.

그는 슬레잉을 열심히 해본 적이 거의 없다. 그가 알기로 유니온이 파견한 슬레이어들은 어느 정도 실력이 뒷받침되는 슬레이어들이다. 물론 순간이동이라는 변수는 있었겠지만 그래도 슬레잉 경험도 별로 없는 자신이 그들로부터 도망칠 수 있었다는 건 그의 기본 능력치가 굉장히 뛰어나다는 것의 반증이라 할 수 있겠다.

현석이 청원을 쳐다봤다.

'저 덩치에, 저 힘에… 아무리 봐도 근접 전투 특화형 같은데……'

청원은 엄청난 잠재 능력에도 불구하고 슬레이어의 길을 택하지 않았다. 그는 지금의 생활이 좋았다. 웨스턴 바 식구들도 좋았고 하는 일도 좋았다. 굳이 슬레잉을 할 필요를 느끼지 못했었다.

"그리고 이런 것도 할 수 있습니다."

정청원은 침을 꿀꺽 삼켰다. 목젖에 싸늘한 기운이 닿았다. 홍세영의 독검이었다. 순간이동을 해서 움직였는데 그 짧은 사이 홍세영이 단도를 겨눴다. 평소 강심장이라 자부하는 정청원도 굉장히 놀랐다.

'순간이동을 했는데도 움직임을 읽혔다.'

그는 세영의 움직임을 제대로 보지도 못했다. 현석이 말했다.

"세영아, 괜찮아. 무기 내려."

홍세영이 잠자코 무기를 내렸다. 그 모습을, 정청원은 조금 이상하게 생각했다.

'저 남자가… 리더인가? 홍세영도 아니고 하종원도 리더가 아니라니. 그렇다면 보조 계통의 슬레이어인가?'

저 남자를 인질로 잡을 생각 따윈 추호도 없지만 만약 누군가 저 남자를 인질로 잡으면 어떻게 될까 싶었다. 보조 슬레이어가 리더면 그러한 단점이 부각된다. 보조 슬레이어는 자신의 몸을 지킬 힘이 없으니까.

물론 현석은 보조 슬레이어가 맞긴 하다. 다만 보조 슬레잉도 가능한 올 스탯 슬레이어. 청원은 그걸 아직 모르고 있고. 그런데 보조 슬레이어치고는 너무 무방비하게 서 있다. 솔직히 마음만 먹으면 제압할 수 있을 정도로 무방비하게 말이다.

'이 길드… 역시 뭔가 있다.'

현석이 어깨를 으쓱했다.

"물론 신기한 능력을 가지고 있는 건 알겠네요. 하지만 그렇다고 해서 저희가 그쪽을 숨겨주거나 편의를 봐줘야 할 이유는 되지 않아요. 심지어 그쪽은……."

말을 하지는 않았다. 방금 유니온으로부터 연락을 받았다. 상황이 조금 심각해지고 있는 모양이다. 화염계 마법과 순간이동을 구사하는 슬레이어가 살인을 저지르고 도피중인데 혹시 도와줄 수 있겠냐는 연락이었다.

성형으로부터 직접 온 연락은 아니었고 현석 전담 팀의 팀장 고강준으로부터 온 연락이었다.

살인자라는 말은 삼켰다. 유니온에서 말하는 '물리력을 행사하는 화염계 메이지'가 바로 정청원이라는 사실은 어렵지 않게 알 수 있었다.

사정은 대충 알겠다. 딱하긴 했다. 심정적으로는 이해도 됐다. 하지만 그렇다고 살인이 정당화되는 건 아니었다. 현석 스스로도 살인을 저지른 적이 있기는 하지만 그건 말 그대로 상대를 죽이지 않으면 내가 죽는 상황이어서 어쩔 수 없었다.

이번과는 분명히 상황이 달랐다.

그때, 명훈이 말했다.

"현석아."

"왜?"

"나랑 잠깐만 얘기 좀 하자."

명훈은 평소에 피노키오로 통한다. 엄살쟁이라는 별명도 갖고 있다. 그런데 지금은 조금 진지했다. 평소에도 뜬금없이 진지해지긴 하지만 지금의 분위기는, 장난을 치려고 하는 것 같지는 않았다.

잠깐 시간을 내서 둘이 얘기를 했고 그사이 홍세영과 하종원이 정청원을 감시했다.

*　　　*　　　*

현석은 방안 침대에 누워 천장을 멀뚱멀뚱 쳐다봤다.

'명훈이의 말이 일리는 있어. 분명히.'

정청원이란 남자의 능력은 희소가치가 있다. 희소가치가 있을뿐더러 옆에서 지켜봐야 할 필요성도 있다. 이제 겨우 노멀 모드에 접어들었는데 유니온에서 파견한 슬레이어들을 따돌

렸고 경찰특공대로부터 도망까지 쳤다. 일반 슬레이어보다도 훨씬 강할 것 같다.

그렇다면 어떻게 저렇게 강해졌는지 이유를 알아둬서 나쁠 게 없다는 계산이 들었다. 인하 길드원들을 강화시키는 데에도 분명 도움이 될 테니까.

'게다가 곧 PRE―하드 모드의 첫 던전에 들어가야 하고.'

게다가 이제 PRE―하드 모드 던전 입성을 앞두고 있는 시점에서는 분명 도움이 될 거다. 여태까지의 패턴을 살펴보면, 오크가 나오고 오크가 출몰하는 던전이 나타났다. 그리고 트윈헤드 오크가 나오고 나서 트윈헤드 오크가 던전에 출몰했다. 다른 몬스터들도 마찬가지였다.

하지만 여태껏 등장하지 않은 몬스터들이 있다. 바로 그린 등급의 최하급 몬스터들은 아직 던전에 나타난 적이 없다. 그리고 필드의 시기상으로도 그 몬스터들은 웨어울프 이후에 나타났다.

그러면 이제 이후 나타나는 던전에서는 그린 등급의 최하급 몬스터들이 나타날 가능성이 매우 높았다.

'물리력을 실제로 행사하는 화염계 마법은 엄청난 효과를 발휘하겠지.'

흔히들 곤충의 최대 적은 불이라고 말하곤 한다. 날개를 살짝만 그을려도 날개를 가진 몬스터들은 움직일 수 조차 없게 된다.

'하지만……'

물론 현석이 이렇게 한다면 유니온 측에서는 분명 손을 써
줄 거다.

피해자를 알아보니 평소에도 죄질이 안 좋은 조폭들이란
다. 일부 상인들은 오히려 만세를 부르고 있는 상황이라나. 그
래도 범죄자를 숨겨주는 건 역시 탐탁지 않은 행동이다.

마침 성형으로부터 전화가 왔다. 성형이 결론부터 꺼냈다.

─현석아. 나 이미 알고 있다. 정청원 씨.

"예?"

─한국 유니온은 이미 파악했어. 정부는 아직 모르고 있는
모양이지만.

현석은 잠시 말을 잃었다. 어떻게 알았는지 모르겠다만 성
형이 알고 있단다.

"…죄송합니다. 말씀 안 드려서."

─아니. 그걸 따지려는 게 아니야. 그의 능력을 분석해 본
결과, 유니온 측에도 커다란 도움이 될 거 같다. 슬레잉 기록
도 없는데… 이유는 모르겠지만 일반 슬레이어들을 압도하는
능력을 가졌어. 상황을 토대로 유추해 보면 아마 PRE─하드
모드 슬레이어는 아닐 거라 판단된다. 그럼에도 불구하고 지
금 이 정도의 능력을 가졌으면 이후에 얼마나 성장할지 모르

겠어. 게다가 물리력을 행사하는 화염계 마법을 구사해. 이건 활용하기에 따라 커다란 가치를 지닌 능력이라고 할 수 있어. 세계 어디에서도 발견되지 않은 희귀 능력이야.

현석은 어이가 없어 또 말을 잊었다. 한참이나 지나서 현석이 다시 물었다.

"어떻게 그렇게 속속들이 다 알아요?"

성형이 피식 웃었다.

이런 것도 못 알아내면 한국 유니온장 자리를 진작에 다른 사람한테 뺏겼다고 우스갯소리로 말했다.

―이번에 슬레이어들이 그와 부딪친 자료를 검토해서 알아낸 거지. 물론 도움을 주는 사람들도 있고.

그리고 PRE―하드 모드 던전에 대해서도 언급했다.

―PRE―하드 모드 던전 클리어하려고 한다며?

"예."

현석은 하드 모드 규격을 초과한 슬레이어다. 그렇다면 일단 찾기만 한다면, PRE―하드 던전은 쉽게 깰 수 있을 거라고 생각했다. 다만 문제가 있다면 명훈이 없으면 탐사가 불가능하다는 거다.

명훈은 데려가야만 했다. 그러려면 불의의 상황에서 명훈을 보호할 슬레이어가 필요했다.

―거기에 그린 등급 최하급 몬스터들이 나타날 거라고, 나

는 확신하고 있다. 떼로 등장하겠지. 여태까지의 패턴을 분석해 보면 분명히 그래.

"저도 그럴 거라고 생각은 하고 있습니다."

—일단 정청원 씨를 임시나마 데리고 있는 게 어떻겠냐? 그 정도 자원은 정말 희귀한 자원이야. 뒷조사를 해보니 욱하는 성격이 있어서 그렇지 여태까지는 제법 잘 살아왔고. 생긴 거랑은 다르게 말이야. 경찰 측과는 내가 얘기할게.

"생각… 해보겠습니다."

그래서 정청원을 잠시 데리고 있는 거다. 물론 아직 결정은 못했다.

오늘 하룻밤. 일단 하룻밤만 재워주기로 했다. 현석에게도 생각할 시간이 필요했으니까.

—그 정도의 잠재능력을 가진 슬레이어는 흔치 않아. 지금 당장의 실력이 상급이라고 말하기엔 어렵지만. 그 잠재 능력만큼은 정말 대단해. 너를 제외하고 아무도 없다고 봐도 무방할 정도지. 슬레잉 기록조차 없는데 그 정도로 강해졌다는 건 정말 엄청난 거야. 그리고 그가 강해진 이유를 알 수 있다면 인하 길드원들한테도 도움이 될 지도 몰라.

"지금 어떻게든 저한테 핑계 만들어 주시는 거 아니고요?"

이번엔 성형 쪽에서 말이 없었다.

아무래도 정곡을 찔린 듯했다. 그리고 서로 동시에 피식 웃었다.

—일단… 도움이 되는지 안 되는지 판단한 이후에 처리해도 늦지 않아. 너랑 같이 있으면 소재 파악이 분명히 되는 면도 있고. 너희라면 그가 문제를 일으킨다 해도 충분히 제압할 수도 있고. 그리고 핑계가 아니라 정말로 후에 유니온에 큰 도움이 될 수 있다면 키우는 게 좋겠지. 너만 허락한다면 이쪽에서 새로운 신분을 만들어서 지급할 수 있을 것 같아.

그렇게 얘기가 됐다.

인하 길드에, 비록 임시긴 하지만 새로운 길드원이 들어왔다.

물리력을 행사하는, 이제 갓 노멀 모드에 접어들었으며 순간이동 마법까지 구사하는 화염계 메이지 정청원이었다.

슬레이어에 의한, 조폭 살인 사건은 비밀리에 묻혀 가스 폭발이라고 보도됐다. 그래서 현석을 제외하고 인하 길드원들은 정청원이 살인자인 줄 알 수 없었다.

정청원은 현석에게 고개를 숙였다.

"그놈. 딱 그놈을 잡을 때까지만 빌붙겠습니다. 그놈만 잡고 나면… 제 죗값을 달게 받겠습니다. 정말 감사합니다."

"유니온에서 도와줬습니다. 청원 씨의 이름은 이제 욱현입니다."

유니온에서 신분 세탁을 맡아서 해줬다. 1층에서 정식으로 소개하기로 했다. 인하 길드원들을 불러 모았다. 2층에서 내려오던 연수는 정청원과 눈이 마주쳤다. 연수와 청원 사이에 불꽃이 튀는 느낌이 들었다. 연수가 청원을 적대적으로 쳐다봤다. 더욱 정확하게 말하면 적대적으로 쳐다봤다기보다는.

'내… 자리를 위협할지도 모르는 사람이다!'

자신과 경쟁해야 할 사람으로 쳐다봤다. 강력한 경쟁자가 나타난 것 같다. 아무리 봐도 저 덩치와 근육. 그리고 살벌한 기세는 방어형 슬레잉에 굉장히 적합해 보였다. 척보니 근접 전투형 슬레이어다. 그중에서도 디펜더, 확실했다.

현석이 소개했다.

"아, 연수야. 인사해. 임시로 같은 길드원이 된 정청원 씨. 아니, 정욱현 씨다. 예전에 웨스턴 바에서 봤었지?"

연수가 청원, 아니, 이제 욱현이란 이름을 갖게 된 그와 악수를 나눴다. 둘 사이에 불꽃이 튀었다. 상황이 상황인지라 욱현은 연수의 도발적인 눈빛에 응수하지 않았지만 분명 둘 사이에 묘한 기류가 흘렀다.

욱현의 손을 맞잡은 연수는 생각했다.

'분명 엄청난 자질을 지닌 디펜더다. 나 역시 좀 더 분발해야겠어.'

위기감을 느낄 정도였다. 그만큼 욱현의 존재감은 대단했다. 그때 욱현이 말했다.

"잘 부탁드립니다. 정욱현입니다. 클래스는 메이지입니다."

"저야말… 응?"

연수는 충격받았다.

'저 덩치와 저 기세로 메이지라고?'

믿을 수 없었다. 쓰러질 뻔했다. 뭐랄까. 딱히 이유는 알 수 없었는데 묘한 패배감이 들었다.

$$* \qquad * \qquad *$$

며칠이 흘렀다. 정청원은 특유의 카리스마와 유머로 인해 길드원들의 마음을 사로잡았다. 착하고 겸손한 건 아니었다. 오히려 뻔뻔하기 그지없었다. 그런데도 모두들 그를 좋아하게 됐다.

"세영아. 너 가시나가 그렇게 독기 폴폴 풍기고 다니면 어느 남자가 좋아하겠냐? 사내새끼들은 자고로 좀 순종적이고 다소곳한데 밤에만 색기를 풍기는 여자 좋아한다. 독기 말고 색기."

오죽하면 홍세영도 그에게 함부로 대하지 않았다. 어느 정도 수위가 있는 농담에도 세영은 칼을 뽑아들지 않았다. 오히려 얼굴이 조금 붉어졌다. 세영이 그럴 정도니까 다른 길드원들은 새삼 언급할 필요도 없다.

그리고 인하 길드원들을 불러 모은 현석이 말했다.

"오늘은 저번에 발견한 PRE—하드 모드 던전에 입성할 거야."

인선을 발표했다. 사실상 인선이라고 할 것도 없었다.

현석, 명훈, 연수, 욱현. 이렇게 4명이었다. 명훈은 무조건 데려가야 하는 슬레이어고, 혹시 모를 위험에 대비하기 위해 연수를 데려가기로 했다. 그리고 그린 등급의 최하급 몬스터들이 출몰할 거라는 확신 속에 정욱현도 포함시켰다.

정욱현도 자신의 처지를 안다.

'나는… 원래 사람들과는 달리 저 사람에게 별로 중요한 사람이 아니다.'

욱현은 그걸 확실히 알고 있다. 그래서 이번 명단에도 뽑힌 거다. 만약 종원, 평화, 민서처럼 현석이 정말 자기 사람으로 생각하고 있다면 이번 슬레잉에 데려가지 않았을 거다. 혹시 모를 위험이 있을지도 몰라서 현석이 먼저 들어가 보는 거니까.

냉정히 말하자면 자신은 현석에게 있어서 있으면 있는 대로 괜찮지만 없어도 그만인, 더 냉혹하게 말하면 혹시 모를 불의의 사고로 죽어도 별 상관없는 사람에 속했다.

'하지만… 이건 기회다. 내 가치를 증명해 보이면 돼.'

4명의 슬레이어가 오크밸리로 향했다. 명훈과 함께 던전을 찾았다. 여태까지는 또 달라진 알림음이 들려왔다. 견습 던전도 수련 던전도 일반 던전도 아니었다. 던전의 이름이 바뀌었다.

　[PRE—하드 던전에 입성하시겠습니까? Y/N]

　제1차 평화기가 끝나고 예티 출몰에 이어 PRE—하드 모드에 접어들게 되면서 새로운 변화들이 시작됐다. 그 변화의 시작은 던전이었다. 재차 알림음이 들려왔다.

　[PRE—하드 던전에 입성하시겠습니까? Y/N]

＊　　　　＊　　　　＊

　정욱현은 굉장히 긴장됐다. 어쩔 수 없다. 그가 아무리 호탕한 성격을 가졌다하더라도 실전 경험은 거의 없다. 심지어 던전은 이번에 처음 경험해 본다. 명훈으로부터 대략적인 설명은 들었다. 던전은 보통 어떤 형태로 생겼고 또 어떤 식으로 클리어하는지에 대해서 알게 됐다.
　현석에게는 반가운 알림음이 들려왔다.

[PRE—하드 모드 규격을 초과하는 스탯으로 인한 페널티가 적용됩니다.]

[몬스터가 난폭해집니다.]

[몬스터의 모든 능력치가 20퍼센트 증가합니다.]

[회복 및 안전 구간이 철폐됩니다.]

그런데 또 이상한 알림음이 함께 들려왔다.

[PRE—하드 모드 규격에 미달된 스탯으로 인한 메리트가 적용됩니다.]

[몬스터가 온순해집니다.]

[몬스터의 모든 능력치가 5퍼센트 감소합니다.]

여태까지는 들어보지 못한 알림음이다. 아무래도 노멀 모드 슬레이어인 욱현 때문인 것 같았다.

'어쨌든… 페널티 알림음이 뜬 거 보면 이번 던전도 그리 어렵진 않겠네.'

적어도 이때까지는 그렇게 생각했다. 현석이 말했다.

"욱현 형이 맡아주실 역할은……."

욱현이 맡을 역할은 바로 광역 딜러다. 물리력을 행사하는 화염계 마법이니만큼 그린 등급의 최하급 몬스터들에게는 꾕

장한 효과를 발휘할 거라고 예측했다. 그리고 그 예상은 맞아 떨어졌다.

최하급 몬스터들은 불에 살짝만 그을려도 막대한 피해를 입었다. H/P가 다는 게 아니라 바닥에 우수수 떨어져 내려 행동 불능 상태에 빠져들었다.

명훈이 설명을 또 했다.

"형, 스킬명을 항상 말씀해 주서야 해요. 그래야 전위를 맡은 슬레이어들이 무슨 마법이 날아오는지 아니까요. 지금이야 현석이가 앞에 있으니까 뭘 어떻게 하든 상관없지만 어쨌든 습관을 꼭 들여놔야 돼요."

최하급 몬스터들이 다시 또 떨어져 내렸다.

그의 화염계 마법은 적어도 그린 등급의 최하급 몬스터들을 상대할 때에는 굉장히 큰 도움이 됐다.

명훈은 투덜거렸다.

"뭔 놈의 트랩이 이렇게 많아?"

곳곳에서 각종 함정들이 튀어나왔다. 그건 그런대로 참을 만했다. 그런데 길목마다 모기 떼 혹은 벌 떼들이 달려드니 미치겠다. 그것까지도 좋게 생각하면 좋게 생각할 수 있겠다.

정말 큰 문제는 따로 있었다.

현석이 말했다.

"명훈아, 아무래도 난이도가 굉장히 높은 것 같다."

몬스터가 강한 건 아니었다.

PRE—하드도 아니고 하드 모드 규격을 뛰어넘은 스탯을 지닌 현석이다. 현재 가장 강한 몬스터로 분류되고 있는 싸이클롭스도 현석에겐 아주 쉬운 상대다. 그러나 던전의 체감 난이도는 싸이클롭스보다도 훨씬 어려웠다.

명훈이 투덜거렸다.

"에이씨. 이딴 걸 일반 슬레이어들은 어떻게 클리어하라고. PRE—하드 던전으로 분류해 놨어?"

명훈의 말은 엄살이 아니었다. 노멀 모드 던전까지는, 다른 슬레이어들도 클리어가 가능하다. 일단 찾을 수 있다면 말이다. 하지만 이곳은 아니다.

"너랑 욱현 형 없이 여기 들어왔다간 전멸하게 생겼네."

"네가 없어도 마찬가지야."

현석도 지금 조금 긴장한 상태다. 몬스터의 강함 자체는 현석에게 그렇게 큰 문제가 안 된다. 지금보다 훨씬 약할 때에도, 규격 이외 몬스터도 솔로잉이 가능할 정도였다. 그런데 문제는 던전이라는 특수성이었다.

PRE—하드 모드 던전의 경우는 기존의 트랩에 이어 미로 형식의 트랩이 추가됐다. 통로가 있고 그 통로를 지나치면 룸이 나타나는 것은 기존의 던전들과 같았는데 그 통로가 미로라는 게 가장 큰 문제였다.

명훈은 탐색 스킬을 사용하면서 연신 투덜거렸다.

"일반 슬레이어들은 길 찾다가 굶어죽게 생겼어. 이딴 게 무슨 PRE—하드야. 그냥 하드겠지."

물론 명훈의 탐색 스킬은 지금 비정상적으로 높다. 그러니까 길도 잘 찾을 수 있다. 문제는 명훈이 탐색 스킬을 제대로 활용하려면 현석으로부터 끊임없이 M/P를 공급받아야 한다는 데에 있었다.

"개어렵네, 개어려워. 너무 어려워. 내 스킬은 또 왜 이렇게 조루야? 모기는 없지? 아씨, 무섭네."

안전 구간이 철폐된 지금 언제 몬스터의 공격이 시작될지 모른다. 특히나 모기 같은 최하급 몬스터의 경우는, 단 한 마리만 살아 있어도 몬스터 디지즈를 발병시킬 수도 있는 무서운 몬스터다.

내성 스탯이 있는 현석과 H/P가 넉넉한 연수 정도면 모를까—그것도 전투 필드가 개방된 상태에서—다른 슬레이어들에게는 치명적이 될 수도 있다.

현석은 생각했다.

'남은 M/P가 12만… 클리어한 룸의 수는 3개. 안전 구간이 없다는 건 불편한 거네.'

미로를 통과하는데 또 1시간이 넘게 걸렸다. M/P차징도 계속해서 사용해 줘야 했고 전투 필드도 계속 개방시켜야 했다.

M/P가 또 5만이 넘게 줄었다. 남은 M/P는 이제 7만이다.

네 번째 룸 앞. 잠시 휴식을 갖기로 했다. 안전 구간이 없는 만큼 방비는 철저하게 해야겠지만 그래도 경험상 룸 앞에는 몬스터의 출몰이 거의 없는 편이다. 시간이 벌써 10시간이 넘게 흘렀다. 모두 피곤할 때도 됐다.

명훈이 인상을 찡그렸다.

"이렇게 오래 걸릴 줄 누가 알았겠어?"

무력은 이미 차고도 넘친다. 그런데 그 무력 강한 플래티넘 슬레이어는 길을 못 찾는다. 본의 아니게 길치가 됐다. 아무리 힘이 세도 룸을 못 찾으면 소용없다.

현석이 말했다.

"우린 잠자지 않고 강행군으로 끝까지 깰 거야. 엠피만 차면 바로 움직일 거니까 충분히 휴식해 둬."

잠을 자는 건 위험했다.

아무리 불침번을 선다고 해도 모기 몬스터가 몰래 접근하는 것을 놓칠 수도 있다. 몬스터 디지즈는 상당히 걸리적거리는 문제였다. 냉정한 말로, 욱현은 그렇다 치더라도 명훈이 죽을 수도 있다.

'차라리 좀 무리를 해서 빠르게 진행하는 게 낫겠어. 빠르게 클리어한다.'

현석은 결정을 내렸다. 딱 1시간 휴식을 취했다. 중간중간 연수와 욱현이 현석을 대신해서 전투 필드를 펼쳤다. 시간은 길지 않아도 최하급 몬스터들이 전투 필드 내에 들어와 있나 확인하기 위해서 펼친 거다.

자가 회복을 하고서 이제 남은 M/P는 이제 8만.

5번째 룸에 들어섰다. 현석의 예상이 맞았다. 룸에 들어섬과 동시에 나무들이 인하 길드원들을 공격하기 시작했다. 수십 개의 촉수가 뻗어 나왔다.

연수가 외쳤다.

"방어 필드!"

방어 필드를 펼쳤다. 그와 동시에 미리 연습했던 대로 정욱현은 방어 필드 내로 들어갔다. 명훈은 애초에 연수 뒤에 딱 붙어 있었고.

현석이 말했다.

"탐색해!"

나무는 본체가 아니다. 저건 그냥 유기물일 뿐이다.

Possesion Ghost의 본체는 따로 있다. 나무에 기생하면 분명 강한 힘을 발휘하지만 본체 자체는 굉장히 약한 편이다.

명훈과 전투 필드를 공유한 현석이 본체를 발견했다. 지금 당장 보이는 Possesion Ghost의 숫자는 약 7마리. 그런데 그때 정욱현이 외쳤다.

"파이어 볼!"

나무를 향해 날아들었다. 명훈이 얼른 말했다.

"욱현이 형. 본체는 나무가 아니……."

그런데 약간 다른 점이 발견됐다.

"나무가… 탄다?"

정욱현의 마법이 나무를 불태우기 시작했다. 물리력을 발휘하는 메이지의 능력이다. 파이어 볼 자체가 대미지가 엄청 큰 공격이라 하기는 힘들었지만 나무를 불태우는 건 어렵지 않았다. 한껏 긴장하며 방패를 들어 올린 연수의 어깨가 조금 늘어졌다. 긴장이 풀렸다.

"움직임이… 멈췄다고?"

나무들이 불탐과 동시에 움직임이 멈췄다. 정욱현이 연속해서 마법을 구현했다.

"파이어 볼!"

지름 약 50㎝ 정도의 불덩이가 나무에 직격되면서 나무는 기름이라도 먹은 것 마냥 활활 불타올랐고 그와 동시에 움직임을 멈췄다. 솔직히 현석도 좀 놀랐다.

'물리력을 행사하는 마법이라…….'

현석은 윈드 커터를 가볍게 쏘아냈다. 쉽사리 Possesion Ghost들을 잡아냈다. 최상급 스킬을 사용할 필요도 없이 하급을 선택해서 사용했다. M/P를 아끼기 위함이었다.

명훈이 아낌없이 칭찬을 쏟아냈다.

"이야~ 욱현 형 스킬 좋은데요? 현석이가 고스트 놈들 죽이기 전에 나무들을 다 불태웠네. 현석이보다 빠른 클리어는 처음 봐요. 살다 살다 이런 날도 오네요."

"원래 잘생긴 놈이 싸움도 잘하는 거야. 드라마 봐봐."

'잘생긴 놈'이라는 그 말에 명훈은 욱현을 쳐다봤다. 팔뚝을 한 번 봤다. 저게 정말 메이지인가 싶다. 저 엄청난 근육에 감히 항거하기가 힘들어서 그냥 끄응, 하고 한숨을 내쉬었다.

형 안 잘생겼는데요, 라고 말하면 비록 메이지지만 엄청난 괴력을 발휘할 것 같은 기분이 들었다.

여섯 번째 룸. 그 곳엔 여태까지와 또 다른 알림음이 들려왔다.

PRE-하드 던전에서 처음 듣는 알림음이다. 여태까지 보스 몹이라 여겨지는 몬스터들은 몇 번 만나왔다.

수련 던전에서도 수없이 많이 상대했다. 그러나 알림음에서 이렇게 직접 언급하는 경우는 처음이었다.

[PRE-하드 보스 몬스터 레이드에 참여하시겠습니까? Y/N]

CHAPTER 12

성형이 말했다.

"그놈은 확실히 처리했습니까?"

"예, 완벽하게 처리했습니다."

성형이 고개를 끄덕였다. 성형 앞의 남자가 물었다.

"그런데… 굳이 그런 피라미 하나를 추적해서 살해할 필요
가 있었는지 잘 모르겠네요."

성형이 남자를 물끄러미 쳐다봤다. 남자가 황급히 말했
다.

"죄송합니다. 너무 주제 넘었습니다."

"그래요. 당신은 당신의 일만 똑바로 해주면 됩니다. 당신의 일에 이유 같은 것이 필요합니까?"

이유 같은 건 필요 없다. 의뢰를 받으면 그 의뢰를 착실히 이행하면 그뿐이다. 다만 의뢰인이 한국 유니온의 유니온장이라는 게 너무 의외여서 물어봤을 뿐이다.

한국의 3대 축복이라 하면 보통 ㈜소리와 한국 유니온, 그리고 플래티넘 슬레이어를 꼽는다. 그리고 ㈜소리와 한국 유니온은 성형이 대표라 할 수 있다. 플래티넘 슬레이어도 영웅이지만 박성형도 영웅으로 칭송받는다. 그런데 그 영웅이 살인 청부라니.

박성형은 의자에 앉았다. 그는 세상에 알려진 것처럼 영웅이라고 보기에는 힘들었다.

적어도 스스로는 그렇게 생각했다.

'이제… 정욱현이 죗값을 물을 일은 없겠지.'

현재 정욱현은 인하 길드에 소속되어 있다. 성형은 정욱현의 잠재 능력을 매우 높이 샀다. 그는 이제 갓 노멀 모드에 진입했다. 그럼에도 불구하고 한국 최초의 화염계 메이지다. 게다가 남들은 가지고 있지 않은 특수한 능력까지 갖고 있다.

순간이동은 물론이고 물리력을 행사하는 마법까지.

'당신은 인하 길드에 계속 머물러 줘야겠어.'

정욱현이 왜 살인을 저질렀는지 왜 쫓기는 신세가 됐는지도 다 파악했다. 그리고 지금 정욱현이 복수를 하고자 하는 피라미는 성형이 죽였다.

이제 정욱현은 그 남자를 못 찾을 거다. 찾을 때까지 인하 길드에 몸담고 있을 테니까, 결국 정욱현은 인하 길드에 남게 될 거다.

성형이 파악한 바로 정욱현은 그 남자를 찾아서 복수를 하고 나면 제 발로 경찰서를 찾아가 자수할 사람이다. 그걸 막기 위해 일부러 살인을 저질렀다.

'요즘… 슬레이어들에게도 변화가 일어나고 있어.'

구체적으로 뭔가가 나타난 건 아니다. 그러나 여러 가지 정황들이 잡혔다.

정청원 같은 슬레이어가 또 없으리란 법은 없다. 비밀리에 수소문하고 있는데, 최근 각성하고 있는 슬레이어들의 경우는 기존의 슬레이어들과는 약간 달랐다. 아직까지 수면 위로 떠오른 문제는 아니었으나 분명 뭔가 있기는 있었다.

'튜토리얼부터 메이지로 시작했고 초기 능력치가 엄청나게 높은 타입. 이런 슬레이어들이 조금씩 나타나고 있어.'

그러자면 정청원을 시야에 넣어 둘 필요가 있었다. 그 담당자로는 인하 길드가 제격이기도 했고.

'정청원을 열쇠로 해서 조사하면 분명 뭔가 답이 나올 거

다. 뭐가 어떻게 다른지.'

알게 모르게 변화가 계속 되고 있었다.

유니온의 입장에선 모든 변수를 파악해야 할 필요가 있었다. 성형이 인터폰을 들었다. 이은솔의 목소리가 들려왔다.

—플래티넘 슬레이어 전담 팀. 이은솔입니다.

"박성형입니다. 팀장 부탁합니다."

—예, 돌리겠습니다.

플래티넘 슬레이어 전담 팀의 팀장 고강준이 연락을 받았다.

"현재 플래티넘 슬레이어의 위치는 어디죠? 던전 클리어 보고가 올라 왔나요?"

—아직입니다.

"벌써 20시간은 된 것 같은데요."

—15시간 38분가량 지났습니다.

"알겠습니다. 연락이 오면 바로 연락 주세요."

조금 이상했다.

'현석이 능력이라면… 지금쯤이면 몇 개는 클리어하고 나와도 이상하지 않을 시간인데.'

현석은 한국에 매우 중요한 존재다. 그럴 리는 없겠지만 만약 없어지기라도 한다면 한국 유니온은 물론이고 한국 전체에 엄청난 손실이 발생한다. 그렇다 보니 신경이 안 쓰일 수가 없다.

같은 시각.

현석은 알림음을 들었다.

[PRE—하드 보스 몬스터 레이드에 참여하시겠습니까? Y/N]

쉬운 던전인 줄 알았는데 결코 쉽지 않았다. 그리고 그 쉽지 않은 던전이 '레이드'를 말했다.

이 세계에 변화가 일어난 이후로 시스템에서 직접 '레이드'란 단어를 언급한 거다. 아까 룸에서 M/P를 사용하고 또 미로를 돌파해 오면서 M/P를 많이 썼다.

이제 남은 M/P는 겨우 4만가량. 전투 필드를 두 번 펼치기에도 버거운 양이다.

다시금 알림음이 들려왔다. 이 알림음 역시 여태껏 듣지 못했던 종류였다.

[PRE—하드 보스 몬스터 레이드를 포기해도 던전 내에서 탈출이 가능합니다.]

[던전 탈출 시 던전 클리어 보상은 주어지지 않습니다.]

그리고 다시 한 번 확인 알림이 들려왔다.

[PRE—하드 보스 몬스터 레이드에 참여하시겠습니까? Y/N]

*   *   *

예전의 현석. 그러니까 안전제일주의를 표방하는 현석이었다면 'N'을 선택했을 지도 모를 일이다. 그러나 현석도 많이 변했다. 길드원들과 잠깐 상의를 한 뒤에 결정을 내렸다. 이 던전이 어렵게 느껴지는 이유는 복잡한 미로에 따른, M/P의 고갈이었지 몬스터의 강함이 아니었다.

명훈도 이렇게 말했다.

"보스몹이라고 해봐야 PRE—하드 규격이야. 길 찾기가 어려운 거지 몬스터가 센 던전이 아니잖아? 너라면 분명 쉽게 잡을 거야."

현석은 Y를 선택했다. 회복 구간이나 안전 구간이 있다면 모를까 결정이 내려진 이상 여기서 시간을 더 지체해 봐야 좋을 게 없었다. 던전 안에서 살 게 아니라면 말이다.

[보스룸에 진입합니다.]

보스룸에 진입했다. 여태까지의 던전 클리어와는 확연히 달랐다. 싸늘한 바람이 불어오는 느낌이 들었다. 어두운 동굴 안에 갇힌 느낌. 어둠 사이에 한 점이, 붉은색으로 빛났다.

[보스 몬스터 레이드가 시작됩니다. 5초 전.]

명훈이 침을 꼴깍 삼켰다. 연수 뒤에 꼭 붙어 섰다.

"뭔 놈의 시작이 이렇게 거창해?"

여태껏 던전을 많이 경험해 본 명훈과 연수지만 긴장할 수밖에 없었다. 뭔가 많이 달라졌다. 정확하게 표현은 못하겠는데 느낌이 다르다.

현석도 긴장했다.

'보스몹으로 나올 수 있는 몬스터라면… 현재 싸이클롭스가 가장 유력한데.'

싸이클롭스라면 정말 조심해야 한다. 현석에게야 문제가 안되지만 다른 인원들에겐 아니다. 잘못 스쳐도 사망이다. 게다가 시스템에서 '보스 몬스터 레이드'라는 것을 직접 언급했을 정도면 필드의 보스 몬스터보다 훨씬 더 큰 보정이 들어갔을 확률이 높았다.

붉은색 눈동자가 계속해서 번뜩였다. 크르르— 크르르— 거친 숨소리도 들려왔다. 현석은 확신했다.

'싸이클롭스다!'

그리고 말했다.

"모두 뒤로 물러서!"

그와 동시에 현석을 제외한 다른 인원들이 뒤로 물러섰다. 저 특유의 거친 숨소리는 분명 싸이클롭스다. 그때까지는 분명히 그렇게 생각했다.

[보스 몬스터 레이드가 시작됩니다.]

그러나 그 생각은 틀렸다. 쿵! 쿵! 쿵! 쿵! 지축을 울리는 거대한 발걸음 소리와 함께, 후우웅—! 파공성이 일었다.

현석이 날아드는 몽둥이를 향해 주먹을 내뻗었다. 임팩트 리플렉팅의 출력을 최대로 높이고 파워 컨트롤의 파워 제한을 풀었다.

콰과광!

흡사 폭탄이 터지는 듯한 소리와 함께 정욱현은 찔끔 놀랐다. 사람의 주먹과 몬스터의 몽둥이가 부딪쳤는데 이런 굉음이 터져 나올 줄은 몰랐다. 정욱현은 난생 처음 보는 광경에 두 눈을 부릅떴다.

'저게… 진짜 플래티넘 슬레이어……!'

기가 죽은 게 아니라 오히려 더 이글이글 타올랐다. 그에 반해 앞에 선 연수의 표정이 굳어졌다.

"싸이클롭스가 스턴에 걸리지 않았⋯⋯."

그리고 이상한 점을 발견했다. 본래 싸이클롭스의 피부색은 짙은 녹색에 가깝다. 짙은 녹색으로 이루어진 나무껍질 같은 형태를 갖고 있다. 그런데 이놈은 색깔이 달랐다. 자세히 보니 덩치도 더 컸다.

명훈도 놀랐다.

"싸이클롭스가 아니라고⋯⋯?"

싸이클롭스는 현재까지 등장한 몬스터들 중 그 궤를 달리하는 엄청난 몬스터다.

현석 외에는 슬레잉이 불가능한 개체다. M—arm으로 타격도 불가능하다. 죽이려면 대평원 같은 곳에서 수천 억어치 무기를 쏟아부어야 겨우 죽일 수 있다. 연수가 눈을 살짝 찌푸린 채 전방을 주시했다.

'싸이클롭스보다 더 강하다!'

단적인 예로 현석의 공격과 부딪쳤는데도 스턴에 걸리지 않았다. 현석이 처음 싸이클롭스를 슬레잉할 당시에 현석은 임팩트 컨트롤 스킬도 없었다. 그러나 지금은 임팩트 컨트롤을 뛰어넘은 임팩트 리플렉팅을 갖고 있다. 심지어 스탯도 그 당시보다 훨씬 더 높아졌다. 그런데도 스턴에 걸리지 않았다는 건 그만큼 저 괴물의 저항력이 강하다는 소리다.

"뒤로 더 물러서!"

직접 부딪친 현석은 그걸 더 확실히 느끼고 길드원들을 더 뒤로 물렸다. 욱현은 놀라긴 했지만 눈을 부릅뜨고 몬스터를 노려봤다. 처음 보는 거대 몬스터를 앞에 두고도 전혀 기죽지 않았다. 기세만 보면 메이지가 아니고 딜러나 탱커로 돌격할 것만 같았다.

'저게 몬스터란 놈이구나!'

원래 평소 성격대로였으면 '남자답게 한 판 붙자! 이 거대한 고추를 가진 놈아!'라고 외쳤겠지만 지금은 아니었다. 이런 몬스터 슬레잉은 처음이다. 경험도 없는 상태에서 무턱대고 나설 만큼 현재 자신의 처지를 이해 못하는 것도 아니다. 호승심이 들끓는 것과는 별개로 조용히 자리를 지켰다. 기세만큼은 삼국지의 장비 저리가라였지만.

몬스터의 피부색은 사람의 피부색에 가까웠다. 굳이 분류를 해보자면 황인종에 가까웠다. 털이 굉장히 많이 나 있었는데 전체적인 모습은 인간과 흡사했다. 다만 싸이클롭스와 마찬가지로 눈이 하나 밖에 없었고 굉장히 컸다. 눈동자 하나가 일반적인 사람의 얼굴만 했다.

보스몹이라더니 과연 그 이름값을 했다. 현석의 공격에도 피가 뭉텅뭉텅 깎여 나가지는 않았다. 명훈이 이번엔 엄살을 부리는 게 아니라 진심으로 기겁했다.

"미, 미친… 진짜 괴물이다. 현석이의 공격에 겨우 저거 밖에 안 단다고?"

연수의 등에도 식은땀이 계속 흘러내렸다.

'현석이의 공격을… 저렇게까지 막아낼 수 있나? 여기가
PRE—하드 던전이 맞나?'

명훈이 침을 꿀꺽 삼켰다.

"이게 진짜 PRE—하드 수준이라면… 몬스터가 지나치게 센
거야? 그도 아니면 우리의 수준이 지나치게 낮은 거야?"

다만 한 가지 짚고 넘어가야 할 것이 있다. 던전 클리어에
는 보통 20~40명가량의 인원이 동원된다. 그리고 사망자도
발생한다. 지금은 현석 혼자 상대하고 있다. 그것도 몬스터를
상대로 우위를 점하고 있다.

한편 욱현은 조금 어리둥절해졌다. 그는 잠재 능력이 엄청
난, 물리력을 행사하는 메이지지만 이 상황은 솔직히 잘 이해
안 됐다.

'아니… 공격 몇 번 하지도 않았잖아?'

피통과 방어력이 어느 정도 되는지는 모르겠다만 실드를
모두 없애는데 총 4번의 공격이 필요했다. 그리고 H/P를 50퍼
센트 이하로 떨어뜨리는데 3번의 발길질이 필요했다.

'게다가 현석 씨 같은 경우는 맞아도 H/P에 흠집 하나 안
났는데…… 뭐가 저렇게 놀랍고 대단하다고 그러는 거지?'

현석은 하드 모드 슬레이어다. PRE—하드 모드에 접어들면

서 회피율이 활성화됐다. 현석의 민첩은 500이 넘는다. 그리고 그 회피율을 뚫고 공격을 적중시킬 수 있는 몬스터는 아직까진 없었다. 지금 나타난 보스 몬스터 역시 마찬가지인 듯했다. 다시 말해 H/P에 흠집이 하나도 안 난 게 맞긴 맞는데, 공격을 받아서 대미지가 0인 게 아니라 공격 자체가 무효화됐다.

욱현은 그러한 상황을 아직 잘 모르니까 당연히 혼란스러울 수밖에 없었다. 겨우 주먹 몇 번 뻗고 발길질 몇 번 했다. 시간이 오래 걸린 것도 아니다. 겨우 몇 초 걸렸다.

겉으로 보기엔 엄청 쉬워 보이니 오해하는 것도 무리는 아니었다.

'저놈이 그렇게 강하다고?'

크어어어어!!!

몬스터는 괴성을 질러댔다. 몸이 부르르 떨리는가 싶더니 땅이 울렸다. 뭔가 특수 스킬이 있는 모양이다. 거인형 몬스터의 눈에 붉은 빛이 어리기 시작했다. 아무래도 큰 기술을 준비하는 것 같았다.

연수가 외쳤다.

"현석아! 죽이지 말아줘!"

현석도 고개를 끄덕였다.

무슨 뜻인지 금방 파악했다.

새로운 몬스터가 나타났다. 이 몬스터가 어떤 공격 방식이나 행동 패턴을 가지고 있는지 파악해 놓으면, 차후 슬레잉 때에는 물론이고 다른 슬레이어들의 피해가 줄어든다. 지금이 몬스터를 상대한다고 힘을 많이 뺀 것도 아니다. 물론 현석의 공격을 무려 네 번씩이나(?) 견뎌낸 건 엄청난 거긴 하지만 어쨌든 이렇게 여유가 있을 때 습성을 파악해 놔서 나쁠 게 없다. 자이언트 터틀이 처음 등장했을 때에도 슬레이어들이 많이 죽었었다. 자이언트 터틀의 습성을 몰랐기 때문이다.

현석이 연수 앞에 섰다. 연수 뒤에 숨어 있던 명훈이 슬그머니 현석 뒤에 섰다. 이제 더없이 든든해졌다. 더 안전한 동아줄을 잡았다. 현석이 앞에 버티고 서 있으니 목소리에 힘이 들어갔다. 기세도 등등해졌다. 현석은 공격형 슬레이어의 역할을 수행했지만 또 더없이 훌륭한 방어형 슬레이어이기도 했으니까. 명훈은 여유를 찾았다.

"저놈 도대체 뭘 하려고 저렇게 뜸을 들이지?"

마치 지진이라도 난 것처럼 주위가 덜덜거리며 떨리기 시작했다. 그리고 얼마 지나지 않아 몬스터의 눈에서 붉은색 빛줄기가 일직선으로 쏘아졌다. 마치 레이저포 같았다. 일직선으로 쏘아지는 그것을 현석이 두 팔을 교차시켜 막아냈다.

[키클롭스의 특수 스킬 '붉은 광선'에 적중되었습니다.]

[대미지 -10,000]

현석은 핫! 짧은 기합성과 함께 교차시켰던 팔을 풀었다. 오른팔을 휘둘러 키클롭스의 공격을 쳐냈다. 대미지가 1만이 들어왔다. 현석의 방어력과 회피율 장벽을 뚫고 1만의 피해를 낸 거다. 현석에게 이 정도면 일반 슬레이어는 스치면 그냥 죽는다고 봐도 될 정도였다. 싸이클롭스보다 훨씬 강한 개체가 분명했다.

'이게… 방어력과 회피율을 무시하는 능력이 있는 건가, 그도 아니면 순수 파괴력이 이렇게 강한 건가?'

그걸 모르겠다. 방어력 혹은 회피율 자체를 무시하는 공격일 수도 있다. 그렇지 않고서는 현석의 H/P를 1만이나 깎은 것은 말이 안 된다. 더욱 황당한 건 저 기술이 처음에 준비할 때는 오래 걸렸는데 한 번 기술을 준비하고 나면 연속해서 사용이 가능한 것 같았다.

한 가지 정보를 얻은 셈이다.

'처음에 기술을 준비할 시간을 주면 안 되겠어.'

정욱현은 찔끔 놀랐다. 눈 앞에 있던 현석이 갑자기 사라졌다. 키클롭스의 붉은 광선이 연속해서 계속 쏘아졌고 현석은 일직선으로 돌파하면서 그 모든 공격을 쳐냈다.

[대미지 —10,000]

[대미지 —10,000]

[대미지 —10,000]

[대미지 —10,000]

[대미지 —10,000]

현석은 일부러 피하지 않고 달렸다. 회피율을 무시하는 공격인지 알아보기 위해서였다. 아무래도 회피율을 무시하는 특수 공격인 것 같다. 그리고 괜히 잘못 피했다가 저 광선의 일부가 다른 길드원들에게 튀기라도 했다가는 큰일 난다. 현석의 H/P가 1만씩 다는 판국이다. 연수도 한 방을 겨우 버텨낼까 말까 한 공격이다.

'이게 내 방어력을 뚫고 대미지를 먹이는 거라면……'

만약 정말로 그렇다면 방어형 슬레이어인 연수조차 못 버틴다. 그래서 일직선으로 달려들었다. 그리고 키클롭스에게 전진하는 그 약 3초간 6번이 넘는 공격이 쏟아졌다. 현석의 H/P가 7만이 넘게 떨어졌다.

명훈이 말을 더듬었다.

"미, 미쳤어… 현석이 H/P가 지금 깎여 나가는 거 보여? 우, 우린 그냥 스치면 사망이네."

연수도 고개를 끄덕였다. 그도 확실히 보고 있다. 말도 안 되는 광경이다. 방어형 슬레이어로서 자괴감이 들 정도였다.

'현석이가 없으면 절대로 슬레잉이 불가능한 개체다.'

결국 현석은 키클롭스를 처리했다. 최초 처리 판정을 받았다.

[최초로 키클롭스를 사냥했습니다.]
[매우 어려운 업적으로 인정됩니다.]

그와 동시에 보스 몬스터 사냥에 대항 업적도 얻을 수 있었다.

[보스 몬스터 키클롭스를 사냥했습니다.]
[공헌도를 판정합니다.]
[유현석 슬레이어의 100퍼센트 공로로 인정됩니다.]

공헌도 판정이 떴는데 현석 100프로 판정을 받았다. 이 또한 어려운 업적으로 인정됐다. 아무래도 이 '보스 몬스터 레이드'는 파티를 맺었다 하더라도 공로가 0퍼센트면 업적 공유가 안 되는 것 같았다.

쉬운 업적과 매우 어려운 업적을 통해 보너스 스탯 +4와 +8을 얻었다. 물론 규격 초과 페널티 때문에 6밖에 못 얻었다.

[보스 몬스터 레이드에 성공했습니다.]
[레드스톤이 보상으로 주어집니다.]

싸이클롭스와 마찬가지로 레드스톤이 주어졌다. 다만 보스 몬스터를 처리했더니 드롭되는 게 아니라 현석의 인벤토리로 직접 들어왔다. 그리고 또 한 가지 특전이 주어졌다.

[공헌도 100퍼센트에 따른 추가 보상 등급의 판정 중입니다.]
[보상 등급 요소를 분석합니다.]

PRE—하드 던전에 접어들면서 많은 알림음이 들려왔다. 던전을 클리어하면 몬스터스톤과 아이템, 그리고 업적을 얻으면 끝나는 게 보통이었다.

알림음이 계속해서 들려왔다. 처음 듣는 알림음이니만큼 현석은 정신을 집중했다.

[최초의 키클롭스 슬레잉.]

[최초의 보스 몬스터 슬레잉.]

[최초의 PRE−하드 던전 클리어.]

[공헌도 100에 따른 참여 인원 1명.]

공헌도가 100으로 인정 됐다. 따라서 참여 인원이 1명으로 판정됐다. 거기에 이어 알림음이 계속 들려왔다.

[보스 몬스터 슬레잉 소요 시간. 1분 18초.]

소요 시간은 1분 18초. 보통 필드 보스몹의 경우도 일반 슬레이어들 20~40명이 짝을 이루고 레이드를 펼치는데 현석을 제외한 최단 시간이−공식 기록상으로−약 4시간 정도다. 그걸 감안하면 1분 18초는 정말 어마어마한 기록이었다.

황당하게도 이런 대기록을 일궈낸 당사자들은 아주 힘들었다고 생각하고 있지만.

판정요소에 관한 알림음이 계속해서 들려왔다.

[키클롭스의 공격 횟수: 12회.]

[슬레이어의 공격 횟수: 7회.]

[전체 타격 횟수에 대한 유효 타격 횟수: 7회.]
[전체 방어 횟수에 대한 유효 방어 횟수: 12회.]

공격했더니 모든 공격이 전부 적중됐다. 그리고 방어했는데 모두 방어에 성공했다. 더 어이없는 건 붉은 광선에 일직선으로 달려들며 마구 쳐 냈는데도 모두 방어 성공 판정을받았다.

[공격 성공률 100퍼센트 인정.]
[방어 성공률 100퍼센트 인정.]

그리고 마지막 알림이 들려왔다.

[레이드 등급 'SS'로 인정됩니다.]

레이드 등급이라는 말이 들려왔다. 그리고 SS란다. 현석도 처음 듣는 말이다. 당연히 뭔지 모른다. 뭔지는 몰라서'SS' 레이드 등급이라는 것에 크게 놀라지 않았다. 그런데 현석이 입을 쩍 벌렸다. 바로 다음에 이어진 알림음 때문이었다.

[레이드 등급 'SS'에 따른 특전이 주어집니다.]

특전을 확인한 현석의 입에서 저절로 말이 튀어나왔다

"미, 미친……."

『올 스탯 슬레이어』 6권에 계속…

초대형 24시 만화방

신간 100%, 샤워실, 흡연실, 수면실(침대석), 커플석, 세탁기 완비

▪ 강북 노원역점 ▪

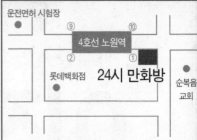

서울 노원구 상계동 340-6 노원역 1번 출구 앞 3층
02) 951-8324 (화용빌딩 3층)

▪ 일산 정발산역점 ▪

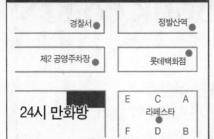

라페스타 E동 건너편 먹자골목 내 객잔건물 5층
031) 914-1957

▪ 일산 화정역점 ▪

경기도 고양시 덕양구 화정동 984번지 서일빌딩 7층
031) 979-4874 (서일사우나 건물 7층)

▪ 부천 역곡역점 ▪

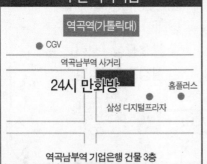

역곡남부역 기업은행 건물 3층
032) 665-5525

▪ 부평역점 ▪

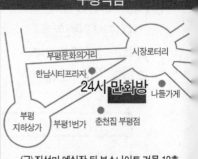

(구) 진선미 예식장 뒤 보스나이트 건물 10층
032) 522-2871